KB270666

시안황금알 시인선 4

별빛들을 쓰다

오태환 시집

시안황금알시인선 4

별빛들을 쓰다

1판 1쇄 | 2005년 11월 29일
1판 2쇄 | 2006년 4월 19일

지은이 | 오태환
편집인 | 오탁번
펴낸곳 | 도서출판 황금알
펴낸이 | 김영복

주 간 | 김영탁
편집실장 | 조경숙
표지디자인 | 칼라박스
주 소 | 서울시 중구 동2가 124-11 2F
전 화 | 02)2275-9171
팩 스 | 02)2275-9172
이메일 | tibet21@hanmail.net
홈페이지 | http://goldegg21.com
출판등록 | 2003년 03월 26일(제10-2610호)

ⓒ2005 오태환 & Gold Egg Publishing Company Printed in Korea

값 6,000원

ISBN 89-91601-22-7-03810

시안황금알 시인선 4

별빛들을 쓰다

오태환 시집

황금알

　연보를 쓰려 뒤적거리다가, 두 번째 책이 나온 지 17년이 지
난 걸 알았다. 등을 떠밀리지 않았더라면 한두 해는 더 가볍게
날려보낼 판이었다. 꽤 길다면 긴 시간이 흐른 다음 책을 내게
되었을망정 새삼 무슨 새록새록한 감회가 드는 것도 아니다. 오
히려 市井에 엎질러 놓은 뒤에야 뒤늦게 귓불이 붉어지는 후회
가 일지 않을까 걱정스럽다. 20년 가까운 세월이 흐른 지금도
앞서 낸 두 권의 책은 차라리, 애초부터 없었던 것이라면 하는
생각이 자주 들곤 한다.

　어쩔 때는 글을 쓰는 게 끔찍할 정도다. 궁싯거리며 매만지
는, 아직 숨결을 얻지 못한 자음과 모음들이 뜨건 물에 덴 것처
럼 따갑고 아리다. 원고지 앞에서 쩔쩔매며 내 육신이 "제웅처
럼 자꾸만 減해"지는 환상에 사로잡힐 때도 많다. 내 생애 한 권
의 시집을 더 가질 수 있다면, 그건 더할 나위 없는 행운이 될 것
이다.

　괜찮은 시를 쓰고 싶은 바람과는 별개로, 거실에서 무심히 용
마산 능선을 바라보거나 냉장고문을 슬쩍 열어 캔맥주를 꺼내
듯이, 아무 때나, 스스럼없이 붓을 꺾을 수 있는 용기가 생겼으
면 좋겠다 싶을 때도 있다. 생각하면 내 운명이 황막하다.

2005년 가을
오태환

차 례

1부

천마산 물소리

고분에서

어느 손[手]이 와서 선사시대 고분 안에 부장附葬된 깨진
진흙항아리나 청동세발솥의 표면에 새겨진 글씨들을 닦아
내듯이 가만가만 흙먼지를 털고 금속때를 훔쳐 글씨들을
맑게 닦아내듯이 누가 내 오래된 죽음 안에 새겨진 글씨들
을 맑게 닦아내 줬으면 좋겠다 내 몸이 쓴 글씨들을 육탈시
켜 줬으면 좋겠다 내 몸을 저 어둠 속의 별빛들처럼 맑게
육탈된 글씨들인 채로 염습해 줬으면 좋겠다 그래서 저 별
빛들처럼 맑게 육탈된 글씨들인 채로 내 몸이 더, 죽고 싶
다 사랑이여

별빛들을 쓰다

필경사筆耕師가 엄지와 검지에 힘을 모아 철필로 원지 위
에다 글씨를 쓰듯이 별빛들을 쓰는 것임을 지금 알겠다

별빛들은 이슬처럼 해쓱하도록 저무는 것도 아니고 별빛
들은 묵란墨蘭잎새처럼 쳐 있는 것도 또는 그 아린 냄새처럼
닥나무 닥지에 배어 있는 것도 아니고 별빛들은 어린 갈매
빛 갈매빛 계곡 물소리로 반짝반짝 흐르는 것도 아니고 도
장圖章처럼 붉게 찍혀 있는 것도 아니고 더구나 별빛들은 반
물모시 옷고름처럼 풀리는 것도 아니고

별빛들은 여리여리 눈부셔 잘 보이지 않는 수평선을 수
평선 위에 뜬 흰 섬들을 바라보듯이 쳐다봐지지도 않는 것
임을

지금 알겠다 국민학교 때 연필을 깎아 치자梔子열매빛 재
활용지가 찢어지도록 꼭꼭 눌러 삐뚤빼뚤 글씨를 쓰듯이
그냥 별빛들을 아프게, 쓸 수밖에 없음을 지금 알겠다

내가 늦은 소주에 푸르게 취해 그녀를 아프게 아프게 생
각하는 것도 바로 저 녹청綠靑기왓장 위 별빛들을 쓰는 것과
하나도 다르지 않음을 지금 알겠다

천마산 물소리

　내 그대의 물소리 안으로 들어가리 상수리나무 물푸레나
무 푸른 그늘 사이사이 저렇게 달빛이 환해서 그대 물소리
의 내장內臟까지 찬란히 비쳐보이는 밤이면 그대 물소리의
붉고 고운 실핏줄 조심조심 헤치며 내 그대의 물소리 안으
로 들어가리 들어가서 그대 물소리의 서늘한 냄새에 취하
며 놀리
　내 그대의 물소리 안으로 들어가 살리 달빛 저렇게 밝아
서 휘파람새 티끌같이 긁힌 울음 하나에도 내 가슴가죽 미
어지도록 두근거리거든 그대의 물소리 안으로 들어가 살리
철벅철벅 그대의 물소리 밟으며 들어가서 내 살아 있음의
그리움도 안타까움도 아린 살 벗듯이 한 겹씩 한 겹씩 모두
벗어 버리고 다시는 다시는 나오지 않으리
　드디어 내 몸의 살가죽이며 가슴뼈며 아름답게 썩어지리
썩어져 그대의 물소리 되리 그리하여 무릎까지 흰 달빛에
빠지며 한 누리 그대 물소리의 즐거운 무덤 이루리

토란잎에 빗물 든다

　다문다문 움트더니 내가 다니는 휘경여고 내가 점심 먹으러 가는 길섶 한데서 그 가위 같은 애순筍들이 어린 목덜미 드러내더니 붐비며 솜털 송송 드러내더니 해찰이나 하더니 아뿔싸, 어느새 평坪가웃 잎새들을 펼쳐들더니 휘엉청 소란한 녹청綠靑들을 펼쳐들더니

　내가 한눈팔며 점심 먹으러 가는 길섶 장마비 듣더니 떼벼룩처럼 튕기는 것들 새벽녘 노을 비낀 개밥바라기처럼 뭉친 것들 투명하고 성근 빗금만 치는 것들 자개빛깔 같은 것들 너무 잘아 그냥 아롱아롱 비치는 것들 새똥처럼 찌익 갈기는 것들 싸릉싸릉, 탁, 따그르르르 샐쭉해서 따로따로 뒹구는 것들 안 그래도 소란한 녹청綠靑들이 귓불을 발갛게 겨고 힌시를 떨더니

　내가 밥 다 먹고 돌아오는 길에도 그 손가락만큼 굵은 잎맥으로 장마철 빗방울들을 고스란히 살리며 조롱조롱 살리며 헌사를 떨더니 나 참, 지네들끼리 새치름하며 물구나무 곤두박질 풍장떨더니

언해諺解

하늘기슭에다 글씨들을 쓰고 있었습니다 너도밤나무 은
행銀杏나무 물푸레나무 떡갈나무서껀 심까지 맑게 갈아 글
씨들을 쓰고 있었습니다 닢, 닢일란 죄다 환하게 발등 밝히
며 조난당하며 더 환하게 길을 내준 하늘기슭 쐐기글씨 같
고 매듭글씨 같은 것들을 마구잡이로 쓰고 있었습니다 하
늬하늬 하늬바람을 따라 해찰하는 나뭇가지들의 그 청명하
고 눈부신 비유比喻들을 내가 눈치채건 말건, 쌀쌀한 하늘빛
도 덩달아 반짝반짝 가을 개울물처럼 속을 다, 비치며 해찰
하며 일렁거렸는데요

어떤 글씨는 삐끗 갈빗대를 접질리고 어떤 글씨는 아예
운韻도 안 비치고 어떤 글씨는 밝게 이마께부터 오리고 다
른 글씨는 순 햅쌀빛깔로 서두르고 또 다른 글씨는 투명하
게 개털이나 날리고 있었는데요 수선이나 피우고들 있었는
데요

어느덧 산구름 언저리부터 금니金泥를 두르더니 왼 하늘
이 지초당초무늬로 사르고 있습디다 아무래도 감지柑紙빛
산그늘 너머 무슨 병란이 일어났는가 싶었는데, 그런데,
그, 숱한 글씨들도 느닷없이 되게, 저리 화려한 화재火災를
겪다니요 정강이뼈며 울대뼈며 빗장뼈며 할 것 없이 푸슥!

푸슥! 푸슥! 푸슥! 잉걸불 긁히며 으리으리 물수제비뜨며
허천나게 그 화재火災를 모조리, 당해내는 글씨들의 기쁜 다
비茶毘라니요

대련對聯

대련도 그만한 대련이 드물 성싶었습니다 휘경여자고등학교 교무실에서 본관건물을 끼고 가사실 켠으로 더위잡는 비탈길 은행나무 두 그루가 암수 대련으로 제법 치렁치렁하니 씌어져 있었는데요

난 그만 깜짝 놀랐더랬습니다 목덜미며 겨드랑이며 사타구니며 가릴 거 없이 (너무 어려 빙어氷魚처럼 화려히 내장을 비치는) 곡옥曲玉 같기도 하고 무슨 돼지비계 무늬의 곱돌화살촉 같기도 한 알들을 와글와글 떼로 슬어 놓는 게 아니겠습니까 여름내 그 해끗한 허벅지 한 뼘 드러내기는커녕 머리채의 찰랑찰랑 비취빛 독한 향기도 그냥 앙큼스레 여며 버린 사연이라니 어디 한 번 만지고 쓰다듬고 할 겨를이 있었을라고요

근데 하필이면 찰랑찰랑 비취빛 독한 향기로 죄다 쏠리는 하늘 아래에서 저 지경이 되도록 서두르며 조랑거리며 그 알들이 흐벅질 줄을 몰랐습니다 시치미떼고 딴청 부리며 마주 서 있는 것만으로도 벼라별 짓 다하는 햐! 서리서리 그 비릿하고 살가운 교응 그것도 대련으로 치면 수준급이라 하겠습디다

아무튼 그 암수 은행나무의 필적筆跡들을 하릴없이 바라

보며, 쌀눈 같은 비점批點 하나 날리지 못한 것과 별개로 내
가 이적 저지른 글씨인 내 몸도 은근히, 사실은 좀 야하게
누구의 대련쯤 되었으면 참 좋겠다고 생각했습니다

늪

다슬기 다슬다슬 물풀을 갉고 난 뒤
젖몽우리 생겨 젖앓이하듯 하얀 연蓮몽우리
두근두근 돋고 난 뒤
소금쟁이 한 쌍 가갸거겨 가갸거겨
순 초서草書로 물낯을 쓰고 난 뒤
아침날빛도 따라서 반짝반짝 물낯을 쓰고 난 뒤
검정물방게 뒷다리를 저어 화살촉같이 쏘고 난 뒤
그 옆에 짚오리 같은 게아재비가
아재비아재비 하며 부들 틈새에 서리고 난 뒤
물장군도 물자라도 지네들끼리
물비린내 자글자글 산란産卵하고 난 뒤
버들치도 올챙이도 요리조리 아가미
발딱이며 해찰하고 난 뒤
명주실잠자리 대롱대롱 교미交尾하고 난 뒤
해무리 환하게 걸고 해무리처럼 교미交尾하고 난 뒤
기슭어귀 물달개비 물빛 꽃잎들이
떼로 찌끌어지고 난 뒤
나전螺鈿 같은 풀이슬 한 방울 퐁당!
떨어져 맨하늘이 부르르르 소름끼치고 난 뒤

민숭달팽이 함초롬히 털며 긴 돌그늘, 얼핏
아주 쬐끄만, 고요가 어슴푸레 눈을 켜고 난 뒤

섬

길 위에 섬이 없었다

나는 눈시울에서 이슬더미만한 은銀빛 닻을 꺼내어
저기 까마득하니 깊고깊은
수평선水平線을 향하여 조용히 부리고 있다

조장鳥葬

내 몸이 죽은 다음 누가 조장鳥葬이나 시켜줬으면 좋겠다
미아리 산山번지 기름에 절은 흙이 가뭇하던 영훈학교 터건
그 건너편 맨살 드러낸 돌산이건 휘경여고 1학년 교실 아니
면 금남리 하이마트 주변 햇빛 그렁이던 북한강 기슭 어디
쯤 지상地上의 붉은 금이 쳐진 흰 원고지 갈피갈피 내 몸이
쓴 글씨들이(몸을 부벼 쓴 글씨들이) 다 썩기 전에
　검은 책들같이 두 날개를 팔랑이는 새의 깃에 실려
　새의 깃처럼 또는
　거기에 묻은 참 작고 단순한 기계인
　부레나 허파처럼, 그 안을
　……여닫으며
　들락기리는 느린
　태엽의 시간처럼, 아름답게
　기화氣化하는 걸 꼭 한 번은 보고 싶다

쑥대밭에서

흉터 같은 꽃 하나 놓아 기르지 못하고
네가 길섶마다 징하게 우거져 푸르른 것은
내 어머니 탓이 아니다
무릎 아래 평생의 근심 하나 놓아 기르며
깊어진 어머니의 속병 탓이 아니다
젊어서 혼자가 되어 여섯 남매를 키우고
지금은 80객이 된
어머니의 팔목에 부황을 뜨고
남은 흉터가 그리운 것은
눈물에 짓밟히며
네가 지천으로 우거져 푸르른 탓이 아니다

몸소 장만한 수의를 정갈히 다듬질해
장롱 안에 묻어두듯
어머니의 내력内歷이
그렇게 만만히 다독여 묻어둘
서릿발 낀 한 세상이 아닌 것은
내가 알고 있다
여윈 꽃 한 심지 털어내지 못하고

네가 내 사는 데까지 와서
길섶이란 길섶마다
허리 아픈 채
무장무장 시퍼렇게 깔리지 않아도

아버지께 부치는 편지1

갑자기 아버지 생각이 났습니다 요즘 들어 제가 부쩍 심약해진 탓일까요……? 그런데 아버지의 성글고 추운 바람결 같은 흰 옷자락만 자꾸만 제 눈시울에 밟힐 뿐 아무것도 머리에 떠오르지 않습니다 ……안녕히 계십시오

아버지께 부치는 편지2

아버지, 세상을 버리신 지 벌써 서른 해 하고도 3, 4년을 훌쩍 넘기셨군요 푸른 무덤도 빗돌도 없이 그냥 한천寒天 떠돌으시며 발은 시리지 않으신지요

아버지, 임종하시기 며칠 전 저녁이었던가요 잠자리에 들어 아버지께서는 웬일인지 어린 저를 품에 묻고는 자꾸만 당신의 여윈 볼을 제 그것에 부벼대셨지요 그때 눅눅한 이부자리 속에서 독한 담뱃진 냄새와 까칠한 수염이 싫어 아버지의 성근 가슴팍을 밀쳐대던 너덧살박이 철부지 막내가 어느덧 마흔을 바라보고 있습니다 어린것들 6남매와 횟배 아픈 아내 그리고 검은 뿔테의 돋보기안경 못생긴 벼루와 청화백자연적硯滴 썩은 곰방대 침술도구 누렇게 때가 밴 당시선唐詩選과 사주책四柱冊 몇 점만을 흰 두포자락에 묻은 잔이슬처럼 툭! 툭! 털어내며 홀로 돌아오지 못할 새벽길을 슬며시 떠나신 ……아버지의 몸을

오늘은 제 집에서 멀지 않은 백봉산 기슭에서 백봉산 앙상한 늑골의 능선을 따라 하얗게 휘몰리는 비바람을 훔쳐보며 마흔이 가까운 막내가 저리 어지러운 빗소리와 바람소리로 다시 염습하다니요

2부

아프리카, 내 언어들의 희망 또는 그 고통스러운 조건

감나무에서 감잎 지는 사정을

감나무에서 감잎 지는 사정을
말해서 무엇하리
햐, 몸의 귀 지천으로 창궐터니
귓불마다 진사辰砂무늬 철화鐵華무늬로
가생이를 두르며 쟁강쟁강 잉걸불 켜더니
참지 못하고
참지 못하고
지네들끼리 저 지경으로 붐비며 지는
사정을 더 말해 무엇하리
아슴아슴 꿈으로나 재우는*
내 어린 첫사랑쯤 들키건 말건
검은 가지 곁가지 어름마다
하필이면 제일 깊고 투명한 하늘을 골라
무슨 참 독하기도 한 각운脚韻처럼
툭! 툭! 당기며 끊는
지네들 사정이야 말해 무엇하리

*재우다:[타]거름을 잘 썩도록 손질하다.

그 꽃, 간지럽다

어느 입술이 와서 귀에다 대고 속삭거리나
그 꽃, 지네
어느 입김이 내 귀를 간지럽히듯이
아흐, 참을 수 없이 간지럽히듯이
속삭속삭 그 꽃, 지네

잎눈보다 먼저 세상에 와서
분홍빛 새뜻한 유두乳頭처럼 몽글게 다붙더니
탱글탱글 알알한 유두乳頭처럼
순 떼로 다붙더니
샛바람 불 적마다 두근거리며
우듬지마다 겯가지마다
넌출지며
아흐, 참을 수 없이 부풀어오르더니
지금 그 꽃, 간신히 지네

봄햇살 허천나게 실구름 뭉게구름을 두른
자개서랍장 같은 하늘을 보아
그 아래 눈부셔 잘 보이지 않는

연갈매빛 해끗한 먼산주름을 보아

목덜미에서 아니면 허벅지에서
속삭속삭 그 꽃, 지네
파르르르 소름 돋도록 내 귀에 속삭거리며
기쁘게 눈물나게 간지럽히며
한사코 한사코 그 꽃, 지네

하늘 따히 이리 가벼이 진수進水할 수 있겠구나

남양주시 금남리와 서종리 사이 어디쯤 올벼 벤 그루터기 상강霜降 무렵 아침날빛이 와서 살얼음장 자개쪼가리 긁히듯 바슬바슬 모지라지는 논물 다리 건너 다 망가진 다슬기껍질
분청사기 당초문의 철화鐵華빛 실구름 곁을 살짝 비껴
약간 먼 데, 해오라기 어슷비슷한
하얀 새 한 마리
살빛이 옷칠경대처럼 붉은 조선소나무 우듬지를 휘청!
밀치고 있다

그, 청명한 깊이 속을
아뿔싸 하늘 따히 이리 가벼이 진수進水힐 수 있겠구나

희나리에 대하여

아직 생나무인 장작을 아궁이에 비벼넣고 불을 지피신
적이 있나요 생나무인 채로 불을 살라 보신 적이 있나요 그
때 생나무의 어린 맨살을 적시며 듣는 물방울을 보신 적이
있나요 하얀 맨살에 방울방울 결을 따라 돋아나는 그것들
을 그 따뜻하고 투명한 누선涙腺의 비밀을 하! 나는 탁탁 튕
기며 타오르는 아궁이의 불과 번갈아 훔쳐본 적이 있는데
요 그때 세상에 비집나온 내 영혼이 왜 그토록 정결히 아
파, 왔는지 지금도 알지 못하는데요

달맞이꽃

내 부끄러운 일에 귓불의 실핏줄 밝히듯 촛불 한 심지 해
맑게 밝히고, 그대 눈시위 투명하고 푸르른 물그늘 안에 슬
며시 들어가 잠들 수 있다면, 첨벙첨벙 흰 발바닥 물그늘에
감긴 채 들어가 아무도 모르게 아무도 모르게 잠들 수 있다
면

벽에 매달린 이슬

그대를 향한 내 형역刑役의 그리움이
이대로 썩어 흙이
되기에는 내가 지켜야 할 밤이 너무 짧구나
한 겹씩 한 겹씩
옷을 벗으며 그대를 향해
부르는 나의 이 서늘한 노래가
이대로 썩어 흙이
되기에는 흙이 되어
떠나가기에는

그러나 보아라
문득 하늘 전체가 나의 눈망울로 가득차 환하구나
실핏줄도 없이 투명한 나의 눈망울이 아슬아슬
밝히는 하늘 전체가 푸르고 해말갛게 긁힌 아침노을을
달래며
죄罪 없이 떠나가는구나
한 뼘도 남기지 않고 떠나가는구나

아프리카, 내 언어들의 희망 또는 그 고통스러운 조건1

젊은 아직 처녀인 표범 한 마리가 아카시아나무 가지 위에 허리를 깔고 누워 있다 열대의 달빛이 멀리 흰 킬리만자로 등성이 위의 은銀빛 실구름발을 뚫고 줄기가 부챗살 같은 키 큰 목본 양치식물과 마호가니 유칼리나무 잎새의 어두운 수런거림을 뚫고 그녀의 허리께를 푸르게 감싸고 있다 소란한 침팬지 울음소리 그치고 달빛 얼핏 금갔다가 휘어진 자리 불현듯, ……그녀가 귀를 세우고 내려보는

젊은 아직 처녀인 표범 한 마리가 조심조심 빗장뼈를 일으키며 백열전구 안의 필라멘트처럼 밝게 눈을 켜는 쉬잇! 둘레가 붉고 톱날 같은 꽃을

단 통발식물 근처 늪기슭 서늘한 바람이 문득 스치다 멎은, 자리 희미하게 떨리는

아프리카, 내 언어들의 희망 또는 그 고통스러운 조건2

먼지바람이 오래 햇빛에 닳은 들소의 빗장뼈와 등뼈 사이를 휙! 뚫고 지나간다 흰개미탑을 돌아 늙은 수사자 한 마리가 천천히 ……무릎관절을 접는다 어느 틈엔가부터 녀석의 헐거워진 주둥이 언저리와 눈시위의 축축한 부분을 집요하게 파고드는 체체파리들 한 차례 먼지바람이 더 풀썩이고 녀석이 굵고 꺼끌꺼끌한 혀로 무심히(아니면 무료히), 제 건조한 앞발톱을 핥는다

내장이 순식간에 엎질러진다 열 마리 남짓 귀가 큰 잔점박이하이에나 무리가 초원에서 펼치는 활발한 약탈 늙은 수사자의 피곤한 안과 밖이 고스란히 해체된다 멱살을 뻗쳐 후후 까르르르르 짖으며 뒷다리를 까불어대며

늙은 수사자의 정강이뼈와 질긴 등가죽까지 오들오들 씹어삼키는

하얗게 야윈 아카시아나무 가지 위에 닥지닥지 매달린 독수리떼가 연분홍의 주름잡힌 맨대가리를 일제히 주억거리며 혹은 날개를 펄럭이며 작고 까만 눈동자를 조심조심 빛내며 그것을 내려본다

몇 달째 비 한 방울 뿌리지 않는 건기乾期의

늪기슭 딱딱하게 말라붙은 진흙 속에서 민물메기도 떼지

어 아주 고요히, 아가미를 들썩거리는 열대사바나 광막한
시간
　푸슥푸슥 삭정이 지피듯 타들어 가는 지평선 바오밥나무
의 검은 실루엣을 스쳐 아아 저녁노을이 생生의 아픈, 또는
비밀스런 환부처럼 환하게, 저리 아름답게 비끼는

아프리카, 내 언어들의 희망 또는 그 고통스러운 조건3

마사이마라 햇빛이 넓다 지평선을 망가뜨리며 발굽으로 평원을 쳐 달려오는 노랗고 검은 바다 흙먼지가 횡류로 소용돌이치는, 수만 마리의 누떼

마라강江 기슭 악어들이 득실거린다 어쩌면 무의미한 슬픔처럼, 아름답게 햇살이 휘이는 흙탕물 앞발로 진흙밭을 차며 혹은 푸르럭거리며 어귀에 집결한

분홍 꽃망울을 매단 수초水草 틈새 악어의 눈매에서 햇빛이 얼핏, 갈라진다 누 한 마리가 강물 속으로 뛰어든다 짧은 피보라 날리다 잦은 자리 고요하다 멱살을 드러낸 녀석이 수면 아래로 잠긴다 물비린내 순간 두두두두두 다투어 느닷없이 강물로 뛰어드는 수십 수백의 누들 긁히는 물보라, 아주 쬐끄만 무지개 무수히 켜졌다 꺼진다

1톤에 가까운 악어들이 물갈퀴 달린 사지四肢로 물낯을 치며 흰 배때기를 뒤집으며 굵은 꼬리를 철썩이며 살과, 뼈가 분해되는 물비린내를 짓밟으며 미끄러운 진흙밭 겹쳐, 달리는 물보라의 누떼

간단히 앞발이 접질러진다 무릎을 꿇고 만다 훅훅 뜨거운 입김을 뿜으며 허벅지를 썰리는

정말 바람결에 배어오는 비냄새의 저항할 수 없는 유혹

일까 다시, 마라강江 건너 햇빛에 증발되어 잘 보이지 않는
지평선을 향해 달리고 또 달리는 것은 생生의 건조함일까
수백만 년 전부터 그랬던 것처럼 죽음보다 견디기 어려운
수백만 년의 고독일까 그 수백만 년의 환멸일까 지상地上에,
가파르게, 최후의 살과 뼈를 엎지르며 고스란히, 지평선을
무너뜨리며

　햇빛을 이마에 뒤집어쓰고 발굽을 쳐 달리는 노랗고 검
은 갈기털 흙먼지의 바다 흙먼지의, 장엄한 고통을 목격하
며 나는 한갓, 비겁한 남루한 음모陰謀에 불과한 나의 시詩들
때문에 참을 수 없이 눈물이 났다

아프리카, 내 언어들의 희망 또는 그 고통스러운 조건4

킬리만자로에 눈이 내린다 수백만 톤의 어두운 구름발을
뚫고 펄펄 날리며 휘몰아치는 눈보라 검은 현무암질玄武嚴質
의 키보 마웬지 시라가 어긋나며 맨 처음 수억 년의 밝게
금간 용암을 무너뜨리던, 그때처럼 눈보라가 친다 희고 화
려한 폭력 내 숨과 말이 순식간에 결빙結氷되는

내 흐뭇했던 저녁답 밥숟가락소리의 평화를 버렸구나 지
금은 무의미한 희망과 생각하면 말 못할 사랑과 비애마저
버렸구나 내 생애의 부끄럽고 적막한 성욕만 무거운 짐처
럼, 고단하게 여기까지 운반했다 그대의 바람과 눈보라를
본다 내가 이르지 못한다 번쩍! 하며 우르르르 천둥이 운다

몽구스와 도마뱀류와 왜가리와 흰코뿔소와 체체파리떼
그대의 산록 아래 물처럼 끓는 적도赤道의 목숨들 그 살의와
신성함들 모든 목숨 붙어 있는 것들이 두 손을 가지런히 오
무려 조심조심 성냥불을 당기듯 수억 년을 지켜 닦는 죽음
도 기어이 길이 아니다 푸른 문신文身처럼 도무지 환하지 않
다 침묵이다 저 바람과 눈보라 안에서는

킬리만자로 만년설에 덮인 능선을 다시 누르며 겹겹이
눈이 내린다 천둥 번개와 으리으리한 바람과 눈보라뿐이다
내 깃대뼈와 살갗은 그냥 바람과 눈보라에 긁히리 내 숨과

말은 결빙結氷된 채 희게 휘발하리 나는
　어머니의 양수羊水 속에서 처음으로 아가미호흡을 할 때,
또는 그 이전以前처럼 바람과 눈보라의 화구호火口湖 안에서
침식하며 오래 멸망하고 싶다

아프리카, 내 언어들의 희망 또는 그 고통스러운 조건5

　사막거북 한 마리가 죽어 있다 바람과 햇빛에 곱게 건조된 뼈의 흰 사원 견갑골에 아직, 옆으로 뒤집힌 ㄱ자로 나란히 맞물린 앞다리의 정강이뼈 어름으로 경추가 무너지고 한 뼘쯤 떨어져 두개골이, 모래바닥에 박혀 있다 검게 뚫린 눈구멍 그리고 ……갈비뼈의 서까래가 딱딱하게 받치는, 널빤지처럼 휘인 등딱지와 복갑腹甲

　바람과 햇빛에 먼저 비늘이 없는 살갗과 실핏줄과 굵은 발바닥이 바래고 어느덧 꼬리 부근의 어린 고사리꼴의 생식기가 희미하게, 닳았을 것이다 갑상선이 마르고 차례로, 붉고 싱싱했던 허파와 간이, 마직麻織의 피로한 자루 같은 위벽도 착착 발렸을

　나는 녀석이 무엇을 먹으며 살았는지도 왜 죽었는지도 모른다 다만 건조한 날씨 탓에 썩지 못하고 그곳에 있을, 녀석의 벌어진 아래턱뼈와 비강 틈으로 모래바람이 끊임없이 새고 달빛 푸른 밤 가뭇한 사막방울뱀이나 딱정벌레가 녀석의 사원 곁을 여느 때처럼 무심히, 스칠 것을 알 뿐이다 어쩌다 와디를 적시는 구름이 지나고 수분을 팽팽하게 줄기로 품은 선인장仙人掌의 밝은 꽃이 연초록 가시 사이로 녀석을 가만가만 내다볼 것이며 또, 오랫동안 바람이 불고 햇빛이 내리쬘 것을 알 뿐이다

아프리카, 내 언어들의 희망 또는 그 고통스러운 조건6

　단봉낙타의 무리가 사박사박 사막을 건넌다 이마에 맺힌 땀방울까지 고스란히 증발하는 사하라의 열사 지금은 아프리카의 야생에서 거의 사라졌다고 하는 단봉낙타의 한 무리가 모래밭을 걷기 쉽도록 털이 많고 평평하게 진화한 발굽을 움직여 사막을 건넌다 참 느린 잠처럼 사박사박 사박사박

　길게 웃자란 속눈썹을 깜박이며 아래턱을 느릿느릿 맷돌처럼 갈며 그들이 하염없이 새김질하는 것은 무엇인가 모래 속에 푹푹 광속光速으로 박힌, 한때 살아 있던 것들의 희고 쓸쓸한 시간을 비껴, 매우 더딘 잠처럼 사박사박 그들이 운반하는 피로한 생애가 인주印朱빛 사구 위로 긴 그림자를 끌며 당도하는 곳은 ……이디인가 모래 위 감추지 못하고 남는 그러나 금세 지워질 발자국을 사박사박 사박사박 남기며

　그들이 쉬고 있을 사하라의 지평선 어디쯤 굵고 잔 별들이 빗금을 그으며 사력질沙礫質의 폭풍처럼 또, 쏟아질 것이다

아프리카, 내 언어들의 희망 또는 그 고통스러운 조건7

젖을 수 있는 것들은 모두 젖는다 젖을 수 없는 것까지 젖는다 분지에 비가 내려 흰개미탑이 젖고 울금鬱金빛 풀꽃을 막 휘감는 검은코뿔소의 뾰족한 입술이 젖는다 늪기슭 전기뱀장어의 미끌거리는 잔등이 드난사는 민물게의 유생幼生들이 속절없이 먼지처럼, 젖는다 젖는다 연두빛 고사리 잎그늘 뒤에 숨은, 더듬이가 흰 눈썹 같은 나방 번데기의 투명한 살갗이 젖는다 빗줄기에 휘이는 무화과나무 근처 내장이 모조리 파헤쳐진 어린 윌드비스트의 텅 빈 복강 그 안의 어둡고 질긴 고요가 한 뼘만큼의 매우 느린, 고요가 젖고

지평선의 안과 밖이 고스란히 비에 젖는다 이미 젖은 것들끼리 다시 젖는다 비, 비, 비, 비가 내려 저녁 으스름 갸글갸글 푸르른 인광燐光이 닳으며 화살촉개구리의 노란 울음이 젖고 녀석들의 현란한 성욕이 한 번 더 젖고 적도의 난蘭꽃에 도사린 알록달록 적도의 난蘭꽃을 닮은 버마제비가 그 아슬아슬한 서슬의 살의가 하염없이 젖는다 우르르르 번개친 자리 삼엄하다 그 창백하고 삼엄한 시간이 보이지 않는 구근식물 달걀빛 알뿌리가, 젖는다

3부

■ 시인의 얼굴과 육필

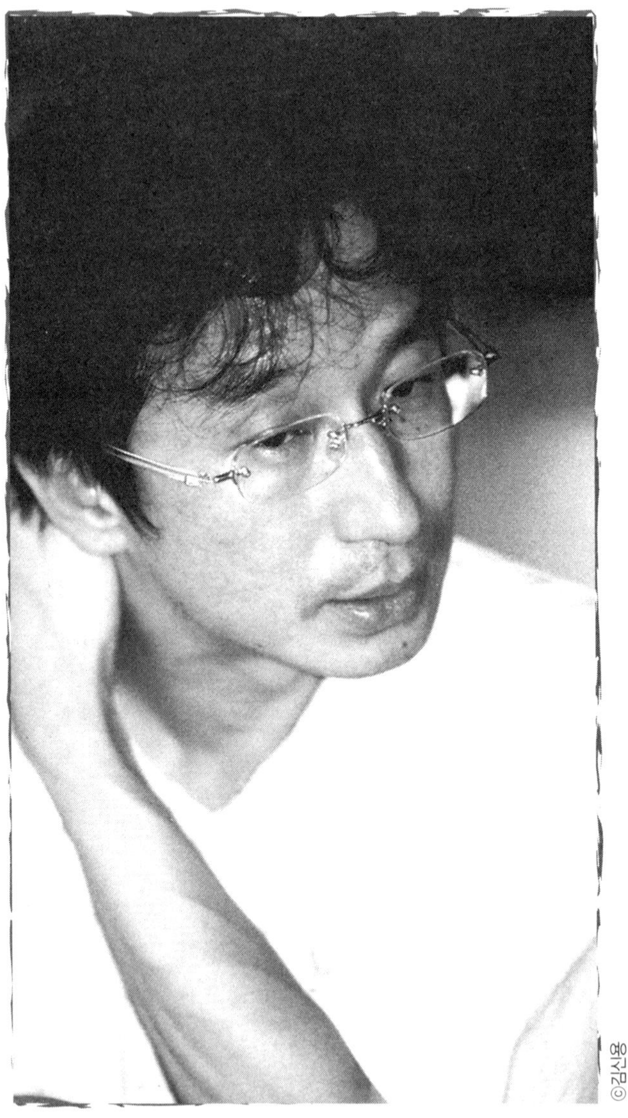

한동안 별빛들을 바라봤습
니다. 별빛들이 그것들대로 뭉
질러지던 射手座로 휘던 쟨갈
라를 긁히던 아니면 몹시 비
릿한 날것으로 쳐들어오던 아무
튼 내 몸이 흐벅지게, 별빛들로
범벅이 될 때까지 바라봤습
니다. 내 살갗과 淋巴腺 그
리고 발바닥까지 그냥 푸르르
도록 투명해진 채 고스란히 별빛
들로 범벅이 될 때까지 그것
들을 私淑했습니다 미안했
습니다.

　　ㅡ「별들을 私淑하다」의 일부를
　　옮겨적음.　오태환
　　2004. 10. 28

4부

뿔, 또는 꽃

별들을 읽다

별들을 읽듯이 그녀를 읽었네
가만가만 점자點字를 읽듯이 그녀를 읽었네
그녀의 달걀빛 목덜미며
느린 허리께며
내 손길이 가 닿는 언저리마다
아흐, 소름이 돋듯 별들이 돋아
아흐, 소스라치며 반짝거렸네

별들을 읽듯이 그녀를 읽었네
하얀 살갗 위에 소름처럼 돋는 별들을
점자點字를 읽어내리듯이
내 손길이 오래 읽어내렸네
그 희미하게 반짝거리는 낱말들의 뜻을
눈치 못 채서 참 슬픈
내 손길이 그녀를 오래 읽어내렸네

그녀를 읽듯이 별들을 읽었네
그녀를 읽듯이 별들을 읽었네
춘천 가는 길 백봉산 마루께에 돋는 별들을

점자點字를 읽듯이
희미한 연필선으로 반짝거리는 그녀의,
낱말들의 뜻조차 알지 못하면서
서운하게 서운하게

구름을 보며

담배갑에서 담배 한 개피를 꺼내 물 듯이 무심히 쳐다본
하늘이 저런 채색彩色인 줄은 몰랐습니다 하늘이 장마길 갈
피에 왜 저리 눈부신 기적을 숨겨 놓았는지 저는 알지 못했
습니다 언젠가 남해바다 상공의 비행기에서 내려다본 것처
럼 잔 구름발 사이사이 겹겹으로 일렁이며 투명한

어떤 것은 싸릿대 회초리로 물낯바닥을 내리친 것 같고
어떤 것은 눈물겹게 푸르른 문신文身자국으로 삐치다가 솔
잣새 고음高音의 울음빛을 머금고 어떤 것은 오래된 단청丹靑
에 밴 아삼한 향기 같기도 하고 어떤 것은 속눈썹 어름이
아리디아린 물무늬로 번지다가 순식간에 숫눈밭을 짓밟는
노새의 발자국 소리로 붐비고 어떤 것은 너무 맑아 흔적만
안타깝게 반짝이다가 또 어떤 것은 은銀빛 가장자리를 두른
진흙굴헝의 틈서리로 이슬비 같은 빛살을 여기저기 뿌리기
도 하는

즐거워라 제 마음에도 잠시 장마길 갈피 접고 저리 눈부
시도록 아름다운 하늘의 소행이 기적처럼 반짝이는군요 까
닭 모르게 반짝이는군요

실솔蟋蟀

　　백로白露도 한로寒露도 훨씬 지나 부뚜막의 온기가 따사로운 어슬녘 지푸라기로 묶어 지붕기슭 처마맡에 널어둔 무청이 뷤비며 서걱이는 그늘을 스친 뒤란 치운 돌길 저녁이슬에 가느다란 더듬이가 찰싹! 젖은 귀뚜라미를 가만히 엄지와 검지 손가락으로 집어들면 까슬한 뒷다리를 접어 앙버티는 그것의, 물처럼 말랑말랑한 살갗에서 만져지는 냉기 뒷다리의 몹시 까슬한, 힘 틈새의 아흐, 그 투명하고 서늘한 감촉 또는

　　지금 내가 사는 금곡역 부근 연립주택에도 또르르르 또르르르 그 귀뚜라미가 엷은 저녁이슬의 물보라를 비비네 불혹不惑을 슬프게 엇비낀 이 가을 귀뚜라미의, 그 투명하고 서늘한 감촉 탓에 내 마음을 십상으로 들키네

배꽃

배꽃들이 씌어져 있습니다
먹골배로 꽤 유명한 먹골의 길들이
어귀를 돌아 산비알을 트는 곳
곁가지며 줄기며 그, 검은 자죽의
우듬지마다 배꽃들이
참 분주히 씌어져 있습니다
하얀 글씨로 씌어져 있습니다

배꽃들이 씌어져 있습니다
사랑니도 안 돋은 여중생女中生이
처음으로 봄을 타듯이
야삼경 서운한 달빛도 타지 않으면서
아릿아릿 아리게 타지도 않으면서
하르르르 하르르르 하얀, 흘림체로
저 지경이 되도록
밝게, 제 몸을 들키다니요

새벽강江 기슭에서

물안개 오르는 새벽강江 기슭에 서면 나는 불현듯 새가
깃을 터는 소리를 듣게 된다
　숲 같은 산그늘 너머 별빛 몇 낱의 푸르고 성근 물무늬
초로草露다히 닳아서 지고, 없고
하늬바람 흔적 고스란히 남기지 않는

　새벽강江의 기슭 기슭 기슭 물안개가 질식할 듯 피어오
르면 나는 불현듯 새, ……흰 새가 깃을 터는 소리를 듣게
된다
　초가을 아주 먼 자작나무숲의 칩고 아름다운 물보라 그,
깃이 자작나무껍질처럼 흰 새
　자작나무껍질이 서늘한 향기처럼 흰 새
　나는 참을 수 없이 슬프며 자꾸만 아랫도리에 뻐근하게
힘이 들어가는 것은

　푸드득
물수제비뜨듯 물 위를 아슬아슬 스치는 것은
　잠깐, 뺨가웃의 귀울음처럼 시리게 스치는 것은

뿔, 또는 꽃

　달빛이 무슨 화엄경전華嚴經典 같은 산비알이며 계곡이며
를 희게 사른다 그, 쬐끄만 꽃의 꽃심芯이 가생이가 투명하
게, 붉고 반짝이는 꼭 새끼손톱만큼 쬐끄만, 닻을 내리고
있다 그걸 짓밟으며 뿔,이 간다

뿔, 또는 바다

울금鬱金빛 기왓장들을 뒤집듯이 바다를 송두리째 뒤집으
며 뿔이 솟아오르고 있었다 급기야 …… 탁! 탁! 부싯돌 긋
는 아주 성글고 짧은 불티 아니면 그, 자잘한 그늘로 엄식嚴
飾한 내 눈물(미늘처럼 덧생긴)도 한데서 하얀 발바닥만 내
보인다

뿔, 또는 쇠솥 같은 멧노랑나비 한 쌍

뿔이 없는데 자전거바퀴 하나가 없는 뿔을 메고 간다 뻘
뻘 땀 흘리며 간다 어디서 한 번도 들어 본 적이 없는 전공
후鈿箜篌(어쩌면 녹기금綠綺琴) 뜯는 소리가 쟁쟁거리지 싶더
니 휘경여고 배봉산 기슭에서 바라본 하늘 한켠의 죄다 말
라비틀어진 단청丹靑빛이 이내, 어슷어슷 쓸리며 무너진다
아니 무너지려 한다 다른 데는 그냥 환하다
　뿔이 없다 뿔이 없는데 자전거바퀴 하나가 없는 뿔을 메
고 간다 그, 없는, 참 밝은 뿔 위를 사분대며 아롱
　다롱 사귀는,
　쇠솥 같은
　멧노랑나비 한 쌍

바다 편지1

나는 노래가 이물질 같은 것임을 몰랐다
조개가 단단한 외피外皮에 뚫린 입수구와 출수구를 이용해
아가미를 통과한
염도가 높고 산소량이 풍부한 바닷물로
무수히 씻으며 뱉어내려 하는
비애나 아픔의 다른 이름임을 몰랐다

나는 노래가 부질없는 상처였던 것을 몰랐다
드디어 조개가 버리지 못하고
고통스럽게 보듬어 키울 수밖에 없는
수억 년의 별빛이 지층地層처럼 퇴적하는
한갓 사소한 상서에 불과하다는 것을 몰랐다

누가 나의 노래에 대해 증언해 다오
끊임없이 거부하는
조개의 비리고 흰 살 속에 처박혀서
한갓 초라한
별빛의 화석化石이 되어
별빛의 흉터가 되어

썩지 못하고
치욕스럽게 수억 년의 바닷물 소리를 엿들어야 하는
누가 나의 이 사랑에 대해 증언해 다오

바다 편지2

햇빛 맑고 바람 좋은 날은
내 몸알 하나 데불고 동해바다 어디쯤 가서
풍장風葬이나 치리야
내 몸알 뼈마디 접은 구석구석
비상砒霜처럼 푸르른 파도
소리로 염습을 하고
찬란한 풍장風葬으로 띄우리야
설악에서 삼척까지
건조장에 종대로 늘어선 명태짝처럼
말곳말곳 눈뜨고
내가 살아서 지은 사랑이라든가
무슨 비애라든가 뭐 이런 것 따위
햇빛에 말리고
곱게 바람 틈으로 휘발시키리야

그래도 내 몸알의 그리움
쉬이지 못하고
다스려지지 않거든
저리 아름답게 햇빛에 미쳐 이슬처럼

자디잘게 쪼개지는

동해바다 전체를 포개 놓고 풍장風葬치리야

바람 와서 잘 놀다 가도록

쏘시개로 성글게 솎아 가며

남김없이 풍장風葬으로 띄우리야

그래도 기슭에

아직 더운 주춧돌 남아 뒹굴면

내 몸알의 그리움

더운 주춧돌 옆에 누이고

투명하게 살 비비며 그냥 잠들리야

바다 편지3

비가 내리는 밤이면
누가 내 삭신의 기슭 전체를 벼루로 삼아
살강살강 먹을 갈아 다오
저렇게 누리가 빗소리로 차 오르고
아무 것도 보이지 않는 밤이면
누가 나의 사랑을 위로해 다오
내 비린 그리움의 신장身長 전체를
살강살강 달래며 갈아 다오
내 초라한 삭신 닳아 없어져
참고 참다 더운 몸살이 풀려 내리듯
서늘한 빗소리 한 줄기로 풀려져
서늘한 빗소리 한 줄기로
저리 깨끗한 먹냄새의 어둠 속을 떠돌도록

5부

섬 안에 들어가듯이 나도 그 안에 들어가고 싶다

푸른 닻

　누리가 고스란히 흰빛이었습니다 아무래도……, 하늘과 바다가 한 빛이었습니다 마른 수평선도 등대불도 보이지 않았습니다 거기에 푸른 배가 가고 있었습니다 용골의 그늘도 푸른빛이었습니다 마스트도 선실도 그냥 푸른빛이었습니다 이물에서 고물까지 이슬처럼 또는 가장자리가 살짝 긁힌 이슬의 흔적처럼 삐친, 획처럼 엷게 푸른빛이었습니다 무적霧笛소리도 들리지 않았습니다 참 고요했습니다

　외롭게 살아온 한 사내가 어디서 골똘히 죽음을 감추고 있습니다 죽음이 무심히 부리는 푸른 닻이 저렇게, 눈 시리도록 아름다울 수 있다니요

별들을 사숙私淑하다

미리내란 낱말이 있습니다 '내'는 개울쯤 되는 줄을 알겠는데 '미리'가 뭘 뜻하는지는 아무래도 모르겠더군요 물어봐도 가르쳐 주는 사람이 없었습니다('미르'는 용龍이고 별의 옛말은 '빌다'와 어원이 같은 '비르'라는 건 눈치챘습니다)

한동안 별빛들을 바라봤습니다 별빛들이 그것들대로 엎질러지건 사수좌射手座로 휘건 전갈좌로 긁히건 아니면 몹시 비릿한 날것으로 쳐들어오건 아무튼 내 몸이 흐벅지게, 별빛들로 범벅이 될 때까지 바라봤습니다 내 살갗과 허파와 임파선淋巴腺 그리고 발바닥까지 그냥 푸르르도록 투명해진 채 고스란히 별빛들로 범벅이 될 때까지 그것들을 사숙私淑했습니다 미안했습니다

('미리'가 무슨 뜻인지 알든 말든) 내 어머니의 처녀적 옥양목 맑고 서늘한 새 옷 내음새도 맡아 봤을 것이며 내가 생각하는 여자가 어디서 때그락때그락 저녁밥 먹는 모습도 지켜볼 것이며 훗날 내 죽음의 빈터에서도 상냥하게 잘 놀다 갈, 별들을 참 오랜만에 사숙私淑하면서 미안했습니다 나는 무릿매를 맞듯이 몸이 아팠습니다

섬 안에 들어가듯이 나도 그 안에 들어가고 싶다

나는 아프지 않고 빗소리를 듣고 싶다 혼자서 환하다 구
들장처럼 식은 여름꽃이 기우뚱 누우며, 아른아른 진 자리
그 틈새마다 빗소리가 햇발든 듯 환하다
섬 안에 들어가듯이 나도 그 안에 들어가고 싶다 해금奚琴
이나 아쟁의 참 잘 마른 명주현絃처럼 아무도 눈치 못 채게
빗소리의 참 환한 속살을 켜고 싶다 인기척을 구겨 버리
고 성가신 숨과 몸한테 문득, 들키지 않고
바람 탓에 아주 쬐끔씩
닳는, 또는, 아주 육탈하는
아픈 섬처럼
혼자서 환한 그녀의

또는 내 죽음의 빈터

아무도 없는데 혼자 돌아앉아 삶은 달걀을 씹는다 한 입
에 한 차례씩 정갈하게 잘 마른 소금을 찍어 흰자위와 노른
자위를 함께 씹어 삼킨다 왼손과 오른손의 손가락을 움직
여 달걀의 흰 내막內膜까지
　조심조심 벗기는 내 쓸쓸하고 개운한 식욕 참 해바른 아
침의 성찬盛饌

4월과 5월 사이 허튼 새소리나 들리리
그, 섬과 섬 사이 해사한 바람이나 치리

대성리에서1

뱃전을 철썩이는 물소리에 긁히며 내 단신短身의 그리움
이 기슭에서 덜미를 묶인 한 척 조그맣고 해쓱한 고깃배처
럼
삐이꺽! 삐이꺽! 흔들리며
어스름 해거름 되어 저무는구나 아득히 가파르게 저무는
구나
하늬바람 하늬바람 불어서
내 상傷한 갈비뼈를 춥게 들키는구나

대성리에서2

저기 저것 좀 봐요 화르르르 밝히며 도지는 것은 내 그리움만이 아닌가 봐요 구름그늘 너머 해끗한 귓불의 달빛이 도지네요 대성리 강물결 따라 강물결 따라 달빛이 도지네요 햐! 온누리 물박달나무 다박솔 생나무 사르는 냄새가 나요 저기 노을빛 묽게 밴 생나무 우듬지 속살 사르는

저기 저것 좀 봐요 저녁 어스름 같은 물때 한 겹 타지 않은 달빛 좀 봐요 강물결 따라 반짝반짝 물어린 생채기로 붐비며 도지는 달빛을 봐요 어쩔 수가 없나 봐요 내가 저지른 사랑도 그냥 그 지경으로 흘러가는가 봐요 그냥 저질러놓고 해사한 살내나 풍기며 가만히 흘러가는가 봐요

슬금슬금 구름그늘 너머 달빛이 나를 엿보고 쏴아쏴아 푸르고 투명한 강물결소리기 나를 엿듣네요 내 몸알이며 숨결도 이슥토록 저물어

저물어 저리 서운한 달빛으로 화르르르 밝히며 도지고 말까요 강물결 따라 강물결 따라 하냥 흐벅지며 도지고 말까요

동충하초

거품벌레 한 마리가 젖은 흙 위를 기어간다······ 내 육신
의 치욕스런 그리움이여

안족雁足, 혹은 떨림에 대하여

　내 빗살무늬의 흉강 어디서 산벚나무 생살을 짜개 짚으
며 한사코 한사코 가을이 도지는구나 일파만파로 도지는구
나

매미

작년 가을 이사든 휘경동 단독주택의
죄다 헐어진 블록담 기슭 매미 하나가 죽어 뒤집어졌다
바람과 햇살이 사분대며 노는 자리
책도 아닌 것이 무슨 작은 책처럼
은박금박 장정裝幀된 채 말라비틀린 책처럼 가볍다
가을 되려면 달포는 고스란히 걸리겠는데
여름내 그늘그늘 옮기며
칠 치르르르 싸아싸아 다투며 울어옐
그 서늘한 글씨들을 바람과 햇살로 씻어내고
바람과 햇살로 또 옷을 갈아 입히는지
어쩌자고 그예 육탈시키는지
어쩌자고 저리 가볍게
하늘그물에 몸을 거두는지

사춘기 · 에드바르트 뭉크 1894~1895
– 가위로 양달과 응달 틈새를 따라서 오린 밑그림 또는 불길한 전조前兆1

더러운 벽면에 투명한 그늘을 비치며 아슬아슬 매달려 있는 것은 상傷한 물방울이 아니었어요 치사량만큼 수경재배水耕栽培된 제 슬픔이었어요

허리가 아팠어요 그날 맨 처음 생리를 하는 날 달빛 희미한 썰물때의 빈 바다가 절 덮쳤거든요 어쩔 수 없었어요 저는 그 희미한 빈 바다 앞에서 그만 살을 열고 말았어요 뜨겁게 뜨겁게 가랭이 사이를 비집고 들어오는 머나먼 파도 소리를 엿들으며 어지럽고 허리가 끊어지는 듯이 아파 왔어요 허벅지 위를 빼짓이 흘러내리는 핏물 나는 어금니를 깨물며 한 손으로 이름도 모르는 풀꽃의 모가지를 하나씩 똑, 똑, 부러뜨렸어요

그 뒤로 저는 어둡게 식은 바다를 한 포기씩 해산했어요

그러나 흰 시트 위에 앉아 있는 것은 그날 썰물때의 빈 바다였어요 겁먹은 표정을 지으며 여린 두 팔을 ×자로 포개고 누드로 달빛처럼 희미하게 앉아 있는 것은 그 빈 바다였어요

무, 무서워요 발갛게 부풀어오른 제 귓불을 보세요 무화과無花果 잎눈처럼 잔털 고운 제 흰 목덜미를 만지세요 아아 두려움에 경련을 일으키는 제 머리칼의 연보라 향기를 아

주 가만가만 쓸어올리고 해말간 촛불을 환히 커든 것 같은
제 유두乳頭의 연분홍 언저리에 따뜻하고 까끌한 입술을 비
비세요 그리고 희미한 달빛 아래 철썩철썩 제 심실心室을 밀
고 들어오는 머나먼 썰물때의 치사량만큼 푸르고 슬픈 파
도소리를 들어 보세요

Triptych · 프란시스 베이컨 1976
  - 가위로 양달과 응달 틈새를 따라서 오린 밑그림 또는
    불길한 전조前兆 2

아직도, 관에 못질하는 소리가, 들려 나는 살고, 싶었
어…… 그러나 닳,는 것은 손톱과 발톱이, 아니라 그들이
내 육신과 함,께 부장附葬한 알코올유리병 속에, 침액표본液
浸標本처럼, 담겨 밀봉 살균처리된 내, 꿈이었어 없었어 검은
그림자 내부로 검은, 그림자가 스며드는 것처럼, 조용히,
내가 고개를, 들어 염탐했을 때 그날…… 병실의 유리창을
뚫고 링거,액을 담은, 비닐팩에 방울방울 투명하게, 섞이는
달빛이…… 없,었는데 텅, 텅, 호도胡桃나무 생……나무의
향기도 없이, 그들이 은빛, 몽키스패너로 못질,하는 것은
내 늑막…… 이, 이런, 흰 손이, 두 눈알을 두리번거리며
검은색 가죽가방의, 지퍼를 은밀히 열,고 내 염통,이며 허
파며 창자 따위,를 차곡차곡 포개어, 집어넣었어 저 소리,
자꾸만, 내 늑막을…… 알코올유리병 속에서 붉고 푸른, 실
핏줄까지 희,게 탈색된 내, 꿈의 맥박처럼,…… 무두질하고
있어 그날, 유리창살 안의 무서운…… 노,란빛 노을과 황
갈,색 노을을 배후,에서 긁는, 달빛을, 이마로 받으며 식은
땀을, 흘리며 목격했어 내 혈장과 흰피,톨과 붉은피톨이 몸
을 빠져나가 달빛처럼 참 맑게, 고스란히 비닐팩 안의, 링
거액 속에서 희석되고, 있었어 그때 텅, 텅, 연분홍 호도胡桃

나무 관,을 짜는 못질 소리가 들렸어…… 나는 살고, 싶었
는데 검은색 가죽가방에 내, 내장內臟을 퍼담는 게 내 손, 이
었어 텅, 텅, 그들이 점점 더, 크게 호도胡桃나무 향,기도 없
이, 나는, 살,고 싶었는데…… 더 크게, 자꾸만 못질,하는
소리가, 들려 나는 다른 쪽, 손을…… 들어 내 왼편 머리
칼,을 쓰, 쓸어올,리고, 있었어

*triptych : 제단 위의 그림. 3매가 이어짐.또는 3연작.

캠든 타운 살인 사건, 또는 방세는 어떻게 하나? · 월터 시커드(36.5×25.6) 1910
- 가위로 양달과 응달 틈새를 따라서 오린 밑그림 또는 불길한 전조前兆3

한 사내가 현관문을 열고 들어선다 그는 잠시 멈춰선다 그의 검은 실루엣 뒤를 스치는 마차가 여름 햇빛에 하얗게 희석되며 증발한다 장식이 없는 현관문 밖으로부터 아이들의 웃고 재잘거리는 소리도 들린다 바람이 휙! 불어 그의 성근 머리칼을 한 차례 날린다 그는 이마의 땀을 닦는 시늉을 한다 그리고 목조의 계단을 삐꺽삐꺽 밟으며 이층으로 오른다 난간을 왼쪽으로 돌아 첫 번째 방문 앞에 멈춘다 안에서 아무 소리도 들리지 않는다 사내는 주석朱錫문고리를 왼손으로 돌리며 문을 밀고 들어간다 완전히 벌거벗은 한 여인이 흰 시트 위에 비스듬히 누워 이쪽을 본다 그녀의 살결도 방안의 공기처럼 희고 부드럽게 빛난다 30을 갓 넘은 듯한 그녀가 입언저리에 미소를 머금는다 그는 여인에게로 다가간다 그녀는 반쯤 허리를 일으켜 세우며 양팔을 벌린다 그는 여태 만지작거리던 오른쪽 바지의 주머니에서 희고 예리한 것을 꺼낸다 창틀이 덜컹거리고 흐린 체크무늬 커튼이 풀썩 들썩인다 눈까풀을 한 차례 깜박거렸지만 여인은 여전히 입가에 미소를 걷어내지 않은 채다 사내는 이

마의 땀을 훔친다 그리고 그녀의 허벅지를 치우고 침대 위
에 엉덩이를 비비며 걸터앉는다 창 밖에서 아이들이 웃고
재잘거리는 소리가 조그맣게 들린다 사내는 고개를 숙여
황갈색 머리숱이 거의 없는 정수리 부분을 드러낸 채 걸터
앉은 그대로 두 손을 모아쥔다

Holy Family · 에곤 쉴레 1913
– 가위로 양달과 응달 틈새를 따라서 오린 밑그림 또는 불길한 전조前兆4

철삿줄처럼, 딱딱하고 예리한 붓자국이, 선홍의 핏물을 흘렸어 우측 상단에 있는 남자는 석회질의 구렛나루가 난 야윈, 사마리아인? 그는 휘엉청, 희고 시퍼런 성육精肉을 쇠갈고리에 걸고 흔들던, 두 손아귀를 뻗쳐 여자의 목을, 조르려 했어 핏물에 한 번, 두 번, 세 번,…… 열한 번 온몸이 감긴 성아기예수의, 동공은 흰자위만 휘번득였어 둘은 여전히, 지하철에 나란히 앉은, 모르는 남녀와 같은, 회백색 표정을 지으며 무심한 듯, 시선을, 엇갈리고 있어 피 묻은 비닐에, 싸인 성아기예수가 어른의 것처럼 거칠고 두툼한, 손바닥을 맹렬하게 휘저으며 빠져나오려, 했어 하악골이 뾰족하고 입술의 윤곽이 희미한 것으로, 미루어 창녀임에 틀림없는 검은 망또의 어자의, 금발이, 골조에 금이 간 연립주택이, 안 보이게 한 켠으로 기울듯 조금씩, 시계바늘과 반대방향으로, 마포麻布 캔버스의 황갈색 바탕을 비스듬히 긁으며 남자의, 창백한 손아귀를 비껴, 안 보이게 기울고 있어 흐리게, 반짝이는 비닐봉지 안에서, 철삿줄처럼 딱딱하고 예리한, 선홍의 핏물에 감긴 성아기예수의 얼굴이 태아의, 그것처럼 무섭게, 일그러졌어

밤의 카페 · 빈센트 반 고흐 1888
– 가위로 양달과 응달 틈새를 따라서 오린 밑그림 또는 불길한 전조前兆5

　출구켠에 걸린 시계는 오후 2시를 지나면서 멎어 있다 환하다 화폭의 중심부에는 비로드를 깐 당구대가 하나 그 오른쪽에는 위아래 허름한 흰색 옷을 걸친 사내가 주민증 발부용 사진을 찍는 표정으로 이쪽을 응시한다 밝은 에메랄드빛 천장에 벽지는 고스란히 핏빛으로 치장되어 있다 핏빛 벽지를 배후로 세 개의 석유 등잔이 고흐 특유의 예리한 금속성의 노란빛을 살포한다 목조 탁자와 목조 의자 아직 쓰러지지 않은 불란서산 싸구려 술병들 왼편 상단의 목조 탁자에는 레즈비언을 은銀반지 뒤에 희끗희끗 숨기고 있는 한 쌍의 여인이 칠면조로 위장한 채 담소를 나눈다 그 대각 방향에서 아가리를 짜악 벌리고 번갈아 하품을 하는 늙은 비비원숭이가 둘 아래턱의 긴 송곳니가 등잔불의 광도光度 아래 잠깐 달빛처럼 희게 빛난다 당구대 옆에서 주민증 발부용 사진을 찍던 사내가 문득 노란 마루바닥에 대고 잔기침을 시삭한다 칠면조 한 마리가 검은 장식깃털을 날리며 짧게 뒤돌아본다 오른허파의 하엽下葉과 중엽中葉 틈새에서 서식하는 포도상구균 때문에 조금씩 몸의 균형이 왼쪽으로 엇나가듯이 그가 기침을 할 때마다 화폭의 구도가 조금씩 그러나 치명적으로 금이 간다 아무 일도 없었다는 듯이

더 늙은 비비원숭이가 그림자를 접으며 포도주 술잔을 기
울인다

좋은 시를 위한 잡념 몇 스푼

　얼마 전 어떤 잡지의 설문 조사에서, 가장 애송하는 시로 김춘수 선생의 「꽃」이 뽑혔다는 기사를 읽은 적이 있다. 적잖이 어리둥절했다. 그것도 시인들이 가려낸 것이었다는 데에 이르러서는 잠시 내 눈을 의심치 않을 수 없었다. 아무래도 그의 다른 시, 「忍冬잎」·「가을 저녁의 詩」·「샤갈의 마을에 내리는 눈」·「茶禮」·「處容斷章」 등 손가락에 짚이는 무엇을 들이밀어도 「꽃」과는 댈 게 아니라면, 그건 나만의 짐작일지도 모르겠다. 비록 무봉한 형식을 갖추었다 손치더라도, 「꽃」에서 얼핏 겹치며 스치는 풍경은 메마른 관념의 어떤 모습이다. 시의 멋과 맛을 온전히 누리기에는 석연찮다.

　무슨 철학적 사유나 관념을 시를 통해 전달하려는 것은, 심하게 말하면 '초파리 침샘에서 추출한 염색체의 기질적 특성 연구'나, '캐논 디지털카메라 IXUS700 사용메뉴얼'을 시로 표현하려는 것과 다르지 않다. 학술논문이나, 설명문이면 충분할 것을 굳이 시로 포장지를 입혀야 하는 까닭을 구하기 어렵다. 이 경우 그것의 시적 意匠이 아무리 훌륭하다 할지언정 거기에 내장된 시적 상징과 비유는 사뭇 무색해지지 않을 수 없다. 시가 도구로 소용되고 있다는 혐의 때문이다.

철학은 어떤 경우든지 날것 그대로인 채 시가 될 수 없다. 「生命의 書」 같은 청마의 시들이 겪는 비극적 실패의 가장 큰 책임은, 철학을 시의 미명 아래 성명서나 포고문처럼 날것 그대로 공표해 버린 지점에 있다. 독자는 어떤 시인의 사람과 세계에 대한 철학적 사유의 진상을 이해하기 위해서 시를 읽으려 하지 않는다. 더구나 唯名論(nominalism) 따위의 사변적 관념을 전달하려는 듯한 계몽주의자다운 태도는 시적 흡인력을 놓치기 쉽다.(「꽃」을 연애시로 읽으려는 수도 있겠지만, 나는 그렇게 읽지 않는다. 연애시의 유전자는 세계에 대한 비합리적 충동을 연료로 삼는다. 그러나 "너는 나에게/나는 너에게"에서 볼 수 있듯이, 이 시는 세계에 대한 객관적이고 냉정한 성찰을 수단으로 짜여진다)

몇 년 전에는 같은 경로의 설문에서 윤동주의 「서시」가 뽑혔던 것으로 기억한다. 나만의 생각일 수 있겠지만, 그것이 시와 윤리를 혼동한 사례라면, 「꽃」이 선정된 것은 시와 철학을 혼동한 사례인 성싶다. 시는 온전히 시여야 한다는 명제 아래 「꽃」은 결코 좋은 시가 되기 어렵다. 그렇다고 김춘수 신생을 폄하하려는 생각은 추호도 없다. 그는 김수영처럼 奔逸한 천재에 기대지 않으며, 참으로 근면한 반성과 성실한 모색을 통해 마침내 한 세계를 설계하고 추동한 1급 시인이다.

나는 먼저 아무도 읽지 않을 글에 좋은 시의 요체를 한시를 예로 들어 설명하려 든 적이 있다. 약간 긴 감도 있지만 그걸 살짝 재구성하여 인용한다. 솔직히 새로 궁리하는 번거로움으로부터 도망치고 싶은 꾀부림도 스며 있으나, 무엇보다 내 주제로는 그게 좋은 시를 觸診하는 메뉴얼로 다시 읽어도 괜찮겠다 싶기 때문이다.

滿塢白雲耕不盡 一潭明月釣無痕 중국 송나라 때 管師復의 시구다. 언덕 가득 흰 구름은 갈아도 갈아도 다함이 없고, 못에 뜬 밝은 달은 낚아도 낚아도 흔적조차 없네. 내 식으로 풀이해 보았다. 공부가 소홀한 탓에 잦게 마주치는 것은 아니지만, 가끔 곁눈으로라도 우연히 품는 한시의 품격이라니. 잔물결 하나 일지 않은 채, 오롯하면서도 맑디맑은 서슬의 울림이 대차다. 잔뜩 서양시를 위조한 소위 현대시다운 깜냥으로는 그 송연한 품격을 흉내내기도 힘에 겹다. 양식으로 더께묻은 내 생각과 말씀에 한 줌거리도 안 될 두 구절이 놓는 으름장이 맵다.

나는 요즘 발표되는 소위 현대시보다 우연히라도 읽는 한시에서 감동을 얻을 때가 많다. 한시를 이미 유행이 지나 신다 버린 낡은 구두짝 정도로 치부하거나, 업데이트해야 할 GPS 단말기 따위로 여긴다면 천부당만부당하다. 그 안에는 시공을 떠난 삶과 예술이 더없이 깊고 촘촘한 눈금으로 새겨져 있다. 서양식 사유로 세례된 정지용의 시가 한갓 재치와 무모한 말장난으로부터 아슬아슬하게 구원받은 것은 한시가 지니는 품격과의 內通 뒤부터다. 한시의 陰德을 입기 전까지 그의 시는 반찬의 빛깔과 가짓수만 현란한 밥상과 별반 차이가 없다.

상당수가 눈요깃거리 정도에 머물거나, 꾀바른 습작 수준을
벗지 못한다.

  문인화를 감상하면서 그 맛을 느끼는 것은 몰골이니 구륵이
니 하는 붓놀림 따위의 기교 때문이 아니다. 그런 것들이 어
울리면서, 형언하기 어려운 하나의 여백으로 집중하는 지점
과 조우했을 때, 사람들은 비로소 붓자국 뒤에 가려진 아우라
(문자향이나 서권기로 불리는)를 경험하게 된다. 시도 비슷하
다. 표현하는 기술에만 힘이 들어가면 기껏해야 잘 다듬어진
습작품일 뿐이다. 자칫 부박한 감수성을 뽐내거나, 新奇로 날
조한 폭력적인 정서만을 드러내기 십상이다. 좋은 시는 때로
섬세한 듯하면서도 얄은 내를 박차고 비상하는 금시조의 기
상을 지니며, 때로 질박한 듯하면서도 구리거울같이 조용하
고 정갈한 깊이를 거느린다. 哀而不傷이라고 할까? 좋은 시는
서러움과 원통함으로 애를 꺼내 말린다 해도, 타고 흐르는 슬
픔은 寒露나 霜降 무렵의 햇빛처럼 맑고 차다. 樂而不淫라는
말도 좋은 시의 정조를 기막히게 전사한다. 그 즐거움은 바람
을 타는 비눗방울처럼 상쾌하고 정직할지언정, 옷장 뒤에서
입술을 씰룩거리는 자의 야비한 미소여서는 안 된다. 이른바
해체시(아무리 숨기려 해도 언어로 표현된 이상 시인의 정서
는 노출되기 마련이다)든 전통적 기법을 따른 시든 마찬가지
다. 단순한 눈요깃거리가 아니라면, 좋은 시는 그것이 품는
정서의 미묘한 맵시에 따라 결정되는 수가 많다.

  여기에서 좋은 시가 품는 정서의 품격으로 따진 것은, 공
자가 關雎의 시를 놓고 말한 哀而不傷, 樂而不淫의 정조다.

이천 년을 훨씬 넘는 시간과 격절한 발언이 첨단 디지털시대에서 시의 본질을 명민한 비수처럼 가른다.

소월의 「진달래꽃」을 두고 애이불상 운운하는 것을 흔히 보게 된다. 하지만 이는 '슬프되 슬퍼하지 않는다'는 그것의 축자적 해석과 '슬픔을 눌러 참는다'는 시의 의미를 소박하게 단순 대응시킨 데서 발생한 오류다. 나는 애이불상을, 슬픔을 사사로운 슬픔으로부터 맑게 침전시켜 객관적 슬픔으로 昇華시킨 데서 유로되는 정조로 해석한다. 이처럼 슬픔이 보편화되는 경로에서 소위 비애의 미학이 비로소 탄생한다. 이는 슬픔을 이겨낸다거나 슬픔의 농도가 희석된다거나 하는 것과는 아무 상관이 없다. 어쩌면 이때 슬픔의 빛깔은 더욱 절절할 수 있다. 나는 애이불상의 전형적인 모습을 박재삼의 "제삿날 큰집에 모이는 불빛도 불빛이지만/해질녘 울음이 타는 가을江을 보겠네"(「울음이 타는 가을江」)에서 즐겁게 목격한다.

내게 낙이불음이라는 표현과 먼저 겹쳐 떠오르는 것은 소위 해체로 분류되는 시들이다. 물론 다 그렇다는 뜻은 아니다. 어떤 시들에서는 얼마 전 한 음악프로그램에서 벌어졌던 어느 인디밴드의 난행이 연상된다. 그렇다고 파괴와 일탈, 또는 저항 자체를 부정하는 것은 아니다. 파괴와 일탈, 또는 저항은 분명 깨끗하고 상쾌한 기쁨이나, 어떤 성실성 같은 것을 담보할 수 있다. 그러나 해체의 유행을 탄 몇몇 시들에서 느껴지는 것은 그러한 것이 아니라, 불행하게도 비겁하고 음습한 冒瀆이나, 천하고 잔인한 쾌감 비슷한 종류의 것들이다. 낙이불음의 정조는 상주 모심기노래에서 극적으로 돋을새김된다. "모시야 적삼에 반쯤 나온 연적 같은 저 젖 좀 보소 많이야 보면 병난다네 담배씨만큼만 보고 가소"에서 내가 느낀 것은 낭창낭창 얄밉도록 개구진 여유도 여유지만, 거기에서 뿜어나오는 순정한 즐거움이다. 순정성은 시와 이음동의어다.

이상화의 「빼앗긴 들에도 봄은 오는가」를 현대시의 우수작으로 꼽는 흐름이 있다. 그의 시들이 습작품에서 꾀벗지 못했다는 의심과 별개로, 나는 「빼앗긴……」를 수준 이상인 작품으로 批點을 찍는 데 적잖이 망설인다. 무엇보다 타고 흐르는 정서가 흙도랑물처럼 얕고 거칠다. 필경은 착상의 水源이랄 수 있는 杜甫의 절창 「春望」을 먼저 살펴보자.

國破山河在 城春草木深
感時花濺淚 恨別鳥驚心
烽火連三月 家書抵萬金
白頭搔更短 渾欲不勝簪

나라는 파망해도 산과 강은 그대로리는 구설은 애초에 어떤 깨달음을 견인할 소지가 있었겠지만, 지금은 닳고닳아 별다른 감명을 선사하지 못한다. 요는 그것과 다음 구절과의 연결이다. 城안에 봄이 들어 초목의 푸른빛이 짙어지는구나. 화자는 破落戶의 행색으로 나라를 근심하며 세상을 떠도는 처지다. 아마 비 그친 어느 봄날, 그는 잠시 寓居

92

하던 성안의 풀과 나무가 한결 푸르러짐을 발견한다. 이미 나라는 멸망한 채 戰火는 끊이질 않아, 市井은 피비린내 진동하고, 戰車 바퀴자국이 어지러울 터. 그의 눈에 순간적으로 비친 市井의 초목의 푸른빛은 경이로움이었을 것이다. 그가 느낀 경이로움은, 살생이 무차별 벌어지는 전란의 현실과 푸른빛으로 표상된 자연의 시치미뗀 순환이 빚어낸 낯선 충돌 때문이다. 화자는 그 감동 속에서 나라의 상실과 전란으로 말미암은 비애의 농도가, 비 그친 뒤 더욱 푸르러진 초목의 물관으로 삼투하는 경험을 한다. 이 지점에서 초목의 푸른빛은 화자가 품는 비애의 빛깔과 다르지 않은 것이 된다. 초목의 푸른빛이 짙어지는 만큼 화자의 비애도 짙어진다.

초목의 푸른빛으로 감싸여 있던 화자의 슬픔은, 함련의 봄햇빛을 받으며 다시 눈부시게 드러난다. 시절을 겨워하니 꽃조차 눈물을 흩뿌리고, 헤어짐에 시름하니 새조차 놀라 가슴을 죄는 듯. 화사하나 부박하게 느껴지지 않고, 과장되었지만 불편하게 여겨지지 않는디. 정서의 흐름이 수련의 푸른빛 속에, 어쩌면 화자 자신도 모르는 사이 호젓하고 함초롬히 감싸인 슬픔으로부터 절묘한 탄성을 얻었기 때문이리라. 화자는 경련에서 잠시 숨결을 가다듬는다. 봉수대 불길은 석 달을 그치지 않고, 집의 安否는 값을 매기기 어렵게 되었구나. 미련은 자못 감동적이다. 흰머리는 긁을 때마다 성글게 바스라져, 드디어 비녀 한 낱마저 이기지 못하는도다. 이 부분은 단순히 전란의 한 가운데에서 식구

들로부터 유리된 한 늙은이의 초라한 풍경만을 베끼는 것
은 아니다. 이미 전란이나 식구들에 대한 황망한 근심 따위
는 간 데 없다. 그 안에는 그의 것만은 아닌, 형언할 수 없
이 피곤한 삶의 어떤 숙명성 같은 것이 쓸쓸하게 투영된다.
그것은 머리털이 성글고 하얗게 센 唐나라의 한 늙은이가
필경은 막막하게 막막하게 부여잡고 있을 비녀 한 자루에
서, 봄햇빛을 받아 더욱 외롭고 황량한 빛을 발한다.

이 작품이 주는 감동은 가슴을 덴 것처럼 뜨겁고 아린 진
정성으로부터 발원한다. 그러나 이상화가 「빼앗긴……」에
서 베낀 것은 고작 표현의 겉멋이다. 그것에 숨결을 불어넣
는 치열한 정서의 연마는 배우지 못했다. 그것은 동질적 상
황에 대응하는 태도에서 자명해진다. "지금은 남의 땅 빼앗
긴 들에도 봄은 오는가"의 조악하고 큰 목소리의 영탄과,
「春望」의 수련에서 草綠빛으로 아름답게 물오른 비애의 미
학을 견주어 보라. 이런 의미에서 "지금은 남의 땅 빼앗긴
들에도 봄은 오는가" 다음에 이어지는 화자의 모습과 그 정
서가 정당화시키기 어려운 도착에 가까운 상태에 빠지고
만 것은 필연적이다.

화자는 우국의 슬픔에 젖은 채, 마치 빙의된 것저럼 봄들
편을 헤맨다. 그의 마음은 "답답"함으로 가득하다. 바람을
맞으며 거닐던 화자는 문득 종다리가 자신을 "아가씨"처럼
반기는 환상을 보며 표변한다. 돌연 "가뿐"해진 심리상태에
서 그에게 펼쳐진 모든 전원풍경이 감격스럽다. "제 혼자
어깨춤"을 출 정도로 흥에 겹다. 봄풍경 안의 모든 것이 새

로우며 사랑스럽고, 그 안에서 노동의 기쁨도 누리고 싶다. 그러다가 화자는 하염없이 헤매는 자신에게서 난데없는 회의를 느낀다. 그는 스스로를 비웃으며, 기쁨과 슬픔의 감정을 동시에 느낀다. 그리고 "다리를 절며" 왼종일 헤맨다. 감정의 저울추가 가망없이 요동치고 있다. 상식적인 정서의 소지자, 더욱이 나라와 민족을 근심하는 자의 것으로는 도저히 생각할 수 없다.

이를 두고, 조국 상실의 비애 때문에 헤매는 화자에게 조국의 풍경이 더 애틋해지는 것은 무리스럽지 않다, 거기에 도취되어 있다가 문득 현실을 깨닫고 괴로워하는 모습도 이해 못할 게 없다, 이런 식으로 설명할 수도 있겠다. 그러나 약간만 세심하게 뜯어봐도 그건 싸구려 변명을 위한 허술한 합리화라는 걸 쉽게 눈치채게 된다. 먼저 종다리를 "아가씨같이 반갑게 웃"는 것으로 비유한 점이 그렇다. 화자가 사춘기 소년 비슷하게 의식·무의식으로 여성에 몰두하고 있지 않다면 쓰기 어려운 표현이다. 비유는 집착하는 대상을 우선 수단으로 쓰려는 본능이 있기 때문이다. 하물며 화자가 나라와 민족의 현실로 고뇌하는 입장에 선다는 점에 비추면 터무니가 없다. 그러한 그에게 조국의 아름다운 전원 풍경은 "머리조차 가뿐"하게 하기는커녕, 정상이라면 오히려 비애를 가중시킬 것이다. 더구나 도랑물에 "어깨춤만 추고 가"고 있다는 식으로 감정이입한 데에 이르면, 우국지사로서 화자의 정서는 거의 분열상태에 이른다. 기쁨과 슬픔을 같이 경험하며 "다리를 절며 하루를 걷는" 장면도 아무짝에 쓸모없는 감상적 패배주의자 이상은 환기하지 않는다.

이는 좋게 표현하면 표현력의 미숙이고, 그렇지 않다면 감정의 僞造를 의심하게 한다. 어느 경우든 시적 정서의 연마나 세련과는 거리가 멀다. 이러한 의혹은 "그러나 지금은 들을 빼앗겨 봄조차 빼앗기겠네"에서 절정을 이룬다. 얼핏 첫행 "지금은 남의 땅 빼앗긴 들에도 봄은 오는가"와 조응하며 결구를 완성하는 것처럼 보인다. 그러나 이 구절은 의미의 사뭇 치기어린 공소함은 따지지 않더라도, "빼앗긴 들에도 봄은 오는가"에서 그나마 감지되는 정서적 충격의 餘震을 사정없이 훼손한다.

두보의 「春望」에서 착상을 구한 「빼앗긴 들에도 봄은 오는가」는 결국 착상의 멋과 맛을 살리는 데 처절한 실패를 본다. 그것은 다른 무엇보다 시를 타고 흐르는 정서가 진정성을 획득하지 못했기 때문이다.

감각을 위주로 해서는 시가 되기 어렵지만, 정서의 섬세하고 은근한 파동은 그 자체로 시가 될 수 있다. 투명하게 빛나는 감각이 정서의 그 섬세하고 은근한 파동을 탔을 때 좋은 시가 탄생하게 된다는 것은 두말할 나위 없다.

끝으로 내가 몇 년 전에 쓴 시 하나를 옮겨 적는다. 이 꼭지의 기획의도가 시작노트의 성격을 띤다 들었니와, 약간 남사스러운 감도 있지만 눈치코치없이 그냥 몰수해 버리기 어려운 터다. 물론 이 시가 내가 쓴 것들 중 가장 낫다 여기거나 제일 좋아한다는 뜻은 아니다. 다만 내 딴에 시구를

考案할 무렵의 기쁨이 생생하고, 그래서 아주 가끔 다시 읽
고 싶은 시이기는 하다.

　길 위에 섬이 없었다

　나는 눈시울에서 이슬더미만한 銀빛 닻을 꺼내어
　저기 까마득하니 깊고깊은
　水平線을 향하여 조용히 부리고 있다
−「섬」, 전문.

1960년 음력 정월 13일, 인천 부평 백마장 언저리에서 아버지 吳錫麟과 어머니 朴二順 사이에서 2남 4녀 가운데 막내로 세상에 나다. 태어난 지 사나흘 뒤 서울로 이사했다는 이야기를 풍문처럼 들은 적이 있다. 주소는 성북구 송천동 미아리 산75번지. 내 유년의 서늘하고 안타까운 처소, 또는 내 불온한 청춘의 한 모서리에서 때로 가망없이 도지는 상처 같은 것. 그 무렵 아버지 연세는 어림잡아 일흔이셨다. 나도 곧이 믿기 어렵지만, 어머니보다 아버지의 내력을 더 잘 알았다던, 우리 식구가 '산 너머 이모'라 부르곤 했던 이모님에 따르면 그 이상이실지도 몰랐다. 전란의 소용돌이 속에서 월남하신 아버지는 젊어 홀로 되신 어머니를 만난다. "총을 놓으면 사람들이 가다가도 픽, 픽 까부라지는" 광경 탓이었는지, 당시 어머니는 횟배앓이로 "떠이락고떠내는" 위중한 상태셨다. 韓醫셨던 아버지는 어머니를 "영검스럽게" 구해내셨다. 서슬에 '젊은 아내'와 살림을 차리신 아버지가 어머니에게 곧이곧대로 당신의 연세를 디미실리 만무할 터. 경위아 어쨌든 나는 줄여서 일흔인 아버지의 소맷자락에서 숨과 몸을 얻었다. 한 가지 더. 한사코 아이 갖기를 마다하시던 어머니에게 아버지가 설득의 도구로 쓰신 것은 四柱였다. 딸 뒤로 아들 둘을 반드시 볼 것인즉……. 가형 秦協(내 아명은 台協이다)과 나는 당

신의 예언을 한 번 더 "영검스럽게" 치장한 장본인
이 되었다.

1963년 자주 세 살 위인 형과 아버지를 마중 나가다. 붉은
벽돌로 된 '출장소' 건물(현재 영훈고등학교 터)을
감싼 아카시아숲 모롱이를 돌아나오는, 지금은 비
현실적인 질감과 채도로 내 망막에서 아른거리는
아버지의 흰 두루마기자락. 아버지를 기다리는 동
안, 근처에 사시던 '산 너머 이모'가 길옆 좌판에서
사 주셨던 삶은 달걀. 혀에 녹여 먹는 노른자위의
따뜻하고 달큰한 맛. 이모님은 巫女이셨다. 어린 시
절 댁에서 굿을 구경하곤 했다. 붉고 푸른 원색들의
새뜻한 물결, 당당 쿵덕쿵, 내 어린 심장을 위태롭
게 유린하던 굿거리의 파열음. 향나무를 사르는 짙
은 냄새와 저미는 것 같은 흐느낌. 나는 그 속에서
형언할 수 없는 두려움과 알지 못할 설렘으로 결박
당한 채 옴쭉달싹할 수 없었던 적도 있었다.

1964년 아버지 타계하시다. 어머니는 아버지의 치아가 돌
아가시는 순간에도 어느 것 하나 흐트러진 게 없다
시며, 필경 "배를 곯아" 가신 것이라 비장하게 단언
하시곤 했다.

장례가 끝난 뒤 얼마나 시간이 흘렀는지는 모른다.
다만 분명한 것은 죽음의 까닭도 뜻도 몰랐던 내가
꽤 오랜 기간 신열과도 같은 도저한 악몽에 시달렸
다는 사실이다. 자주색과 붉은 색, 그리고 주황색

을 무질러 놓은 듯 어지럽게 채색된 풍경. 물무늬처럼 일렁이던 빈대 같기도 하고 사람 같기도 했던 거대한 형상들. 나는 그 안에서 정말 질식할 것 같은 공포에 등줄기를 폭싹 식은땀으로 적신 채 외마딧소리도 지르지 못했다.

1966년 뭔지 모를 질환에 시달리다. 어머니에 따르면 그 무렵 나는 깜박깜박 시력을 놓을 만큼 쇠약했던 것 같다. 나는 '산 너머 이모'에 이끌려 시내 어디쯤(다리의 난간 아래 수많은 선로가 뒤엉켜 있었던 곳으로 보아 서울역 부근인 듯싶다)의 작은 병원으로 가서 치료를 받았다. 그때의 수술자국이 지금도 내 왼쪽 허벅지 임파선 옆에 쌀알만하게 남아 있다. 지네나 개구리 따위를 포처럼 말린 것을 먹으며 기력을 회복했다는 얘기를 들었다.

1967년 송천국민학교에 입학하다. 누나들과 형의 등 너머 눈썰미로 이미 한글을 깨치고 있었던 내가 흠뻑 빠져 있었던 것은 만화 그리기. 정확하진 않지만 그 무렵 나는 실제 만화 비슷하게 간단한 스토리까지 짰던 것 같다. 1학년 4반 담임이었던 이숙희 선생님은 미군 구호품으로 아이들에게 배급했던 옥수수빵을 내게는 특별히 두 개씩 건네곤 했다. 노릇노릇 푹신하게 잘 익은 그것은 지금까지 내가 먹어 보았던 빵 중에서 가장 맛있었던 듯.

2학년 오후반이었던 나는 순대국집 아이(내가 부러

움의 시선을 한몸에 받으며 여분으로 지급받은 옥수수빵을 솜틀집 계단 밑 골목에서 가끔 반 나마씩 나누어 주었던)와 함께 학교에 가던 중, 긴 외갈랫길에서 문둥이와 마주쳤다. 녀석은 우화 속의 못된 친구처럼 어느새 줄행랑을 놓고, 영문을 몰랐던 나는 불과 스무 발자국 정도의 거리를 남겨두고야 비로소 그 정체를 눈치채게 되었다. 도망치고 싶은 마음은 굴뚝같았지만, 내 걸음은 내 뜻을 배반하고 삐꺽삐꺽 태엽인형처럼 그에게 향하고 있었다. 그와 서너 걸음의 간격을 두고 이제 내 몸은 온통 소름이 돋은 채 태엽이 다 풀린 경보병인형처럼 완전히 굳어 버렸다. 아이를 잡아 산 채로 간을 빼 먹는다는 문둥이. 낡아빠진 중절모에 잔뜩 때에 전 붕대로 얼굴이며 손등을 친친 감은 채 지팡이를 또닥이며 다가오던 그는, 내 바로 코앞에서 뚝! 발걸음을 멈추어 섰다. 그는 한동안(실제로는 한 2~3초?) 나를 고개 숙여 내려나보고 있었다. 전신의 피가 절대온도까지 내려가 꽁꽁 하얗게 얼어붙은 것 같았다.

5~6학년쯤일까. 연탄가스에 중독되다. 그 무렵 내게 새벽 두세 시 경 꼭 변소를 찾는 버릇이 있었다. 변소를 나와 어느 정도 잠이 깬 상태에서 몇 뼘 안 되는 마당을 가로지르다 문득 바라본 하늘의 아름다움이라니. 하늘 가득 唐草紋으로 銀入絲한 듯한

섬세한 실구름 사이로 달빛이라도 비칠라치면 그야말로 황홀할 지경이었다. 바람을 탄 구름발의 흐름 때문이었겠지만, 달은 쏜살같이 미끌어질지언정 실제로 이동한 거리는 손가락 한 마디가 채 안 되었다. 생각해 보면 목월의 「나그네」가 품는 미학의 고갱이랄 수 있겠다. 닳고닳은 수사가 아니라 달빛을 받은 마당도 정말 서릿발 서린 듯 숨막히게 하 R다. 나는 변소를 가던 중 두 번씩이나 연탄가스에 중독되어 마당에서 정신을 잃었다. 그 때마다 어머니의 비법인 맨땅의 서늘한 기운과 시디신 김칫국물로 깨어날 수 있었다. 결국 나는 새벽에 오줌누는 그다지 유쾌하지 않은 버릇 덕분에 여지껏 목숨을 부지하고 있는지도.

그 무렵 나는 새로 이사온 한 여인과 조우한다. 한갓 코찔찔이 개구진 철부지였던 내게도 그녀는 믿어지지 않을 정도로 아름다웠다. 나이는 한 서른 중반쯤 되었을 듯. 엷은 무늬가 아로새겨진 개나리빛 공단 저고리에, 검정에 가까운 가지빛 치마를 받쳐입은 그녀의 날씬한 걸음맵시는 물찬 제비 같다는 말라비틀어진 관용구를 오히려 새롭게 했다. 늘 단아하게 쪽진 머리, 얼음처럼 희고 투명한 낯색과 미려하게 콧날을 세운 옆얼굴. 어쩌면 기억의 왜곡이 빚은 과장이라 치부할지 모를 노릇이지만, 지금까지 눈에 선한 그녀만큼 아름다운 여자를 나

는, 현실은 물론 TV나 영화에서조차 여태 보지 못
했다. 나는 몰래 그녀의 뒤를 밟은 적이 있다. 뜻밖
에 우리 집에서 멀지 않은 그녀의 집 대문간 한쪽
켠에는 흰 깃발을 매단 장대가 꽂혀 있었다. 어른
들은 그녀가 무당이라고 했다.

1973년 서라벌중학교에 입학하다. 내가 넌덜머리 내던 시
간은 작문시간이었고, 진저리치며 끔찍해 한 것은
작문숙제였다. 지금 글동네 말석에서 寒微한 몰골
로나마 두리번거리는 처지에 견주면 좀 의심스럽겠
지만 진짜다. 숙제를 성실하게 하는 모범생과는 한
참 거리가 먼 주제였지만, 숙제는 꼭 해야 한다는
일반적 강박관념과 별개로 내게는 그 자체가 참 난
처한 근심덩이고 고문이었다.

1976년 대일고등학교에 입학하다. 현재는 몇 개의 학교를
거느리지만, 당시는 인문계 하나였다. 정릉 산꼭대
기에 동그마니 자리한 딱 한 동짜리 희고 반듯한 건
물. 일명 언덕 위의 하얀 집, 또는 두부공장. 도대체
학교와 그 아래 마을의 온도차는 함박눈과 진눈개비
의 차이만큼 선명했다. 학교 뒤켠 가파르고 응달진
삼양동 달동네 목덜미를 질러, 나는 말가웃 가량 무
게가 나가는 책가방을 끼고 그 온도차를 3년 동안
뚫고 다녀야 했다.

1학년. 방바닥을 뒹굴다가 우연히 형이 다녔던 고
등학교의 교지를 보게 되다. 무심코 뒤적거린 책갈

피에서 나는 형이 쓴 글을 발견하였다. 교내백일장인지 지구별백일장인지는 기억나지 않지만 거기에서 시부문 장원으로 뽑힌 글이었다. 제목은 「고궁에서」. 평범한 내용이지만 어구는 깔끔하게 다듬어진 것으로 어렴풋이 떠오른다. 사춘기를 겪던 때문이었겠지만, 아무것도 아닌 그것은 정말 뜻밖의 충격파가 되어, 내 흉강의 내벽에서 서늘하고 격렬한 쓰나미를 일으키고 있었다. 난생 처음 스스로 글을 써보고 싶다는 욕망에 사로잡혔다. 이후 한 달 정도 거의 하루 한 편씩 시 비슷한 것을 끄적댔다. 그때부터 영랑의 「모란이 피기까지는」, 육사의 「광야」, 미당의 「국화 옆에서」, 박남수의 「아침이미지」 등 국어책에 실린 모든 시의 子母音 하나하나가 내 깐에는 찬란하게 植字된 채 살아서 꿈틀거리는 것 같았다. 나는 이상, 미당, 청마, 청록파 시인들을 포함하는 문고판 시집들을 사들이기 시작했다,

3학년. 정확히는 고3이 되던 해인 1978년 1월 한 달 간 '현대독서실'을 끊고 내 생애 가장 치열했던 (?) 공부모드에 돌입하다. 수면 시간은 하루 3~4시간. 한밤중이거나 새벽녘, 어쩔 때는 대낮에도 창틀, 책꽂이의 지붕, 아니면 시멘트 복도에 기대거나 누워, 무시로 골똘히 사색에 잠기던 녀석이 있었다. 나중에 알고보니 몽유병환자. 내가 그때 즐겨 찾던 중국집은 화교가 운영했다. 늘 호떡집에

불난 것처럼 시끌벅적거렸다. 어느 날 우동국물에 고춧가루를 듬뿍 풀어 맛있게 점심을 먹다가, 한 노파가 때가 꼬질꼬질 묻은 홀의 식탁을 양손으로 짚고 스키를 타듯이 미끄러지는 것을 발견했다. 한 80쯤이나 된, 비대한 몸피에 흰머리를 한 갈래로 땋고, 소매가 좁은 빛바랜 검정 胡服을 입은, 첫눈에도 漢族 여인이었다. 그녀가 내 옆을 지날 때 나는 무심히 그녀의 발치를 보았다. 나는 거의 경악했다. 발이 없었던 것이다. 더 정확히 표현하면, 그녀의 발가락과 발등은 마치 발생학적으로 생기기 시작하자마자 퇴화해 버린 인간의 꼬리뼈나 남자의 유방처럼 흔적만 안간힘을 쓰며 남아 있었다. 나는 그녀가 기우뚱기우뚱 비대한 몸피를 기적적으로 운반하는 뒷모습을 바라보며, 저게 말로만 듣던 전족이구나 생각하면서 혀를 찼다.

아주 잠시 미대 진학을 고려해 보았지만, 아주 쉽사리 포기했다. 미술학원에 등록할 돈이 없었다. 나는 선천적 懶惰와 싱거운 무기력증 속에서 고3 시간의 상당 부분을 클래식기타를 배운답시고 혼자서 띵깡거리고, 시를 짓는답시고 머리를 싸맸다. 대학노트 한 권을 채운 그때의 글들은 수음처럼 지긋지긋한 몽상과 함께 컴컴한 책상서랍 속에 附葬된 채 한 차례도 햇빛을 보지 못했다. 잡지에 응모하거나 백일장 등에 참가하기는커녕, 나는 그 누구한테

도 그것들을 보인 적이 없었다.

1979년 고려대학교 사범대학 국어교육과에 무사히 입학하다. '선천적 懶惰와 싱거운 무기력증' 속에서 나를 지탱해 준 것은 시였다. 신입생 때 과감히 수강한 오탁번 교수의 '현대시 분석(지금은 '현대시 선독')' 교실은 시에 대한 解明이 아니라, 시에 대한 觸診의 시간을 제공했다. 그 시간은 허블망원경처럼 육안으로 보이지 않던 우주의 珍景을 내게 속속들이 드러내 주었다. 내가 배운 시들, 아마 대부분인 현대시동인의 시들을 통해 시의 행간 뒤에 은밀히 감춰진, 우주상수와 같은 언어의 비밀을 요량껏 눈치채며 좋아했다. 내 무지는 1학년 때부터 신춘문예에 응모해야겠다는 결의를 무모하게 부추겼다.

1980년 등록금도 문제였지만 공부에도 별 흥미를 못 느껴 휴학을 단행하다. 가혹한 서울의 봄, 5·18 광주를 풍문처럼 들으며, 미아리 산동네 친구녀석들과 대지극장 근처의 다방, 당구장, 학사주점 등지를 전전했다. 아무것도 하지 않았고, 아무것도 보지 못했으며, 아무것도 느끼지 못했던 시기. 또는 짐승처럼 행복했던 시간.

1981년 복학하다. 흰 운동화와 청재킷 차림의 무수한 사복 경찰들, 교내외를 음험하게 감싸도는 최루가스, 수백 명의 진압경찰 속에 포위된 불과 7~8명의 '민중'들이 벌이는 어처구니없는 반정부시위. 조악한

만큼 살벌한 시대가 캐스팅, 분장, 연출을 도맡은 눈물겹게 슬픈 코미디.

1982년 부전공으로 역사를 선택하다. 유영익 교수의 한국 근대사 강의. 모기날갯짓만큼 작은 목소리의 강의였지만, 매주 손꼽아 기다려졌던 강의였다. 그분의 것만 네 강좌는 들었던 것 같다. 나는 그 강의를 들으며 한국 근대사가 포함하는 道斷의 무수한 부조리에 치를 떨었다. 그때의 분노와 비애는 후에 아무도 거들떠보지 보지 않는, 그래서 툰드라지역 어디쯤 아주 우연히 썩지 못하고 남아 입을 헤벌린 채, 초점 없이 허공을 응시하는 신석기시대 미라의 몰골로 생뚱맞게 내 첫시집을 안방차지하고 있는「북한산」을 쓰려는 결심을 굳혔다. 고대신문에 시 비슷하게 꾸며 발표하다. 내 글이 난생처음으로 활자화된 장면을 맛보는, 심장이 부정맥처럼 콩닥거리는 경험을 했다.「별의 위상학」을 쓰다. 오탁번 교수로부터 면전에서는 처음 칭찬을 듣다. 신춘문예 당선은 따놓은 당상이라는 망상에 사로잡혔다. 조선일보에 응모했지만, 최종심조차 끼지 못했다.

1983년 내 습작품들을 유일하게 지켜봐 주셨던 오탁번 교수, 하버드대 객원교수로 떠나시다. 3년 내리, 항체 자체가 형성이 안 되는 뎅기출혈열바이러스 같은 것에 감염된 듯, 극심한 무슨 정신적 열병에 시달리다 내 몸과 마음은 완전히 황폐했다. 여름방학이 다

끝난 무렵이었던가. 나는 어떤 사고로 오른손에 깁
스를 한 채, 고대 중앙도서관에서 왼손으로 글을 써
대기 시작했다. 석 달이 채 안 되는 기간 동안 「계해
일기」, 「최익현」, 「공옥진」연작 등 20여 편의 시를
만들었다. 무쪽을 놓고 듬성듬성 도마질하듯이 썰
어, 중앙 6개 일간지에 모조리 응모했다. 12월 19일
쯤 조선일보로부터 「계해일기」 당선 電報를 받았
다. 「최익현」이 한국일보에 당선된 사실을 안 것은
다음 해 신정 특집판을 통해서였다. 미국으로 오탁
번 교수께 편지를 띄웠다. 선생님께서는 내 소식을
접하시고, 홀로 맥주를 마시며 기뻐했다는 답신을
보내 주셨다.

1984년 휘경여자고등학교에 취직하다. 학교로 찾아온 고운
기 · 안도현과 동인 시힘을 결성하다. 창립동인은
고형렬 · 강태형 · 양애경 · 김백겸 · 최문수 · 김경
미 · 고운기 · 오태환 · 안도현.
장시 「북한산」 집필을 시작하다.

1985년 시힘 동인시집 1집 『그렇게 아프고 아름답다』(청하)
를 내다.

1986년 박세현 · 원재길 · 이승하 · 윤승천과 세상읽기 동인
을 결성하다. 동인시집 1집 『세상읽기』(청하)를 내
다.
11월 시집 『북한산』(청하)을 내다.

1987년 세상읽기 2집 『오늘의 빵에 관하여』(청하)를 내다.

구광본 · 기형도 · 안도현 · 윤성근 · 장정일 · 김영
승 · 조원규 등과 『20대시인 실험시70』(문학사상
사)을 내다.
『문학과 비평』 겨울호에 「手話」연작 9편을 발표하다.
1988년 황학주 · 안도현 · 장정일 · 장석주 · 김승희 · 김용
택 · 김영승 등과 21인 신작시집 『따뜻한 꽃』(청하)
을 내다.
고운기 · 이승하 · 장정일 · 전동균 등과 사화집 『우
리들 사랑』(청하)을 내다.
9월 시집 『手話』(문학과 비평사)를 내다.
1989년 이후 문학으로부터, 글 쓰기와 글 읽기로부터 절해
고도에 유폐되다. 아니, 사실은 내가 그것들을 아무
도 찾지 못할 법한 절해고도에 유폐시키다.
1998년 고려대학교 교육대학원 국어교육과에 입학하다.
계간시지 『시안』 창간호에 시 「달맞이꽃」을 발표하
다. 절해고도의 謫所에 流刑보냈던 문학에 대해,
글 쓰기와 글 읽기에 대해 10년 만기 형집행 정지
를 명령하다.
1999년 『현대시학』 7월호에 시 「천마산 물소리」, 「쑥대밭
에서」, 「구름을 보며」, 「섬」 등 9편을 발표하다.
2000년 『시안』 여름호에 「思春期 · 에드바르트 뭉크 1894
~1895」, 「캠드타운 살인사건, 또는 방세는 어떻
게 하나? · 월터 시커드(36.5×25.6) 1910」 등 5
편을 발표하다.

고려대학교 교육대학원에서 「한국현대시사의 공간
　　구조 분석」으로 석사 취득하다.
2001년 『현대시학』 8월호에 「별빛들을 쓰다」, 「아프리카,
　　내 言語들의 희망 또는 그 고통스러운 조건」 연작,
　　「鳥葬」 등 8편을 발표하다.
　　고려대학교 대학원 국문과 박사과정에 입학하다.
2003년 『시안』 봄호에 정진규론 「그, 潑墨과 設彩의 조촐
　　한 향기, 또는 繪事後素의 시학」을 쓰다.
　　『현대시학』 1월호에 시화 「동백, 민초의 하늘에서
　　採火한」, 2월호에 「다시, 未堂을 향한 잡념」, 3월호
　　에 「馬頭琴과 별빛들을 위한 랩소디, 혹은」을 쓰다.
　　『현대시학』 5월호에 오탁번론 「언어의 공교한 채집
　　과 발굴, 그 투명한 언어의 光合成」을 쓰다.
　　『시안』 겨울호에 김수영론 「한 정직한 퓨리턴의 좌
　　절」을 쓰다.
2004년 『시안』 봄호에 김수영론 「풀 − 卽物性의 건조한 아
　　름다움, 또는 절대언어」, 가을호에 서정주론 「황홀
　　한 숨고르기, 또는 未堂詩의 깊이와 넓이」, 겨울호
　　에 한용운론 「알ㅅ수업서요 − 자기 연민이 빚어낸
　　極彩의 미인도」를 쓰다.
2005년 『시안』 여름호에 서정주론 「황홀한 숨고르기, 또는
　　未堂詩의 깊이와 넓이2」를 쓰다.
　　시집 『별빛들을 쓰다』(황금알)를 내다.